新潮文庫

爪と目

藤野可織著

新潮社版

10415

目次

あなたに語っている

大澤信亮

爪と目

爪(つめ)と目

はじめてあなたと関係を持った日、帰り際(ぎわ)になって父は「きみとは結婚できない」と言った。あなたは驚いて「はあ」と返した。父は心底すまなそうに、自分には妻子がいることを明かした。あなたはまた「はあ」と言った。そんなことはあなたにはどうでもいいことだった。ちょうど、睫毛(まつげ)から落ちたマスカラの粉が目に入り込み、コンタクトレンズに接触したところだった。あなたはぐっとまぶたに力を入れて目を見開いてから、うつむいて何度もまばたきをした。それでも痛みが取れないので、しかたなく右目のコンタクトレンズを外した。あなたは中学生のころからハードレンズを愛用していた。慣れた動作で照明にレンズを透かし、舌の先で一舐めして装着し直すあいだ、父は謝り続けていた。子どもがいるんだ、まだ小さい子どもなんだ、と父は繰り返した。

「うん、わかった」とあなたは答えた。父はもう黙りたがっていた。だから、黙らせてあげるために言ったのだった。ほんとうは、子どもがいようがいまいが私には関係ないのに、と言いたかった。

けれど一年半が経ち、事情が変わって父が結婚を持ちかけたときには、あなたは彼に小さな子どもが一人いることをうれしく思った。少し子どもがほしくなってきていたからだ。二十代の半ばにさしかかり、友人たちのなかに子どもを産む者が出始めていた。ただし、妊娠はいかにも面倒くさそうだった。友人の一人は、切迫流産のおそれがあるとのことで、三ヶ月もの入院を強いられた。友人見舞いに行くと、友人は横たわったままだった。起きあがってはいけないらしかった。化粧をしない顔の、まばらな眉をあなたは見下ろした。点滴の針がささった腕は、ぱんぱんに腫れ上がっていた。

「がまんできないくらいかゆいの」友人は、腕に目をやって溌剌と笑った。

あなたは、この種の面倒を、いつかは自分も負うのだろうと思った。そのいつかがいつなのかはわからないが、妊娠という現象は古来、多くの体を飲み込み、今この瞬間もこれから先も次々と飲み込み続けていくので、それならば、明確な意志を持って拒否しないかぎり、自分の体もそのうち飲み込まれるのが当然であるとあなたは考えていた。いいえ、考えてさえいなかった。考えなくてもいいくらい、それは当たり前のことだった。あなたが考えていたのは、今、妊娠するのは気乗りがしないので、すでに産んである子どもは好都合だということだった。わたしは三歳の女の子だった。むかし、犬や猫や小鳥を飼ってみたかった気持ちを思い出し、あなたはわくわくした。あなたの両親は動物に関心がなかったので渋ったが、一度だけ折れてハムスターを買ったことがあった。

「ハムスターならしずかだから」とあなたの両親は言った。当時はあなたも小さかったが、ハムスターはさらに小さかった。信じがたい小ささだった。あなたはピンク色のひくひくと動く後ろ脚をよくつまみあげ、それが細工物ではなくほんとうに生きた脚かどうか確かめたものだった。ハムスターは四ヶ月で死んだ。あなたはケージを片付けようとしなかった。あなたの両親は新しいハムスターを買いに行こうと誘った。

「え、別にいい」とあなたは言った。

「ほんと？」

「ほんと」

気が変わったらいつでも言いなさい、とあなたの両親のどちらかがあなたの頭に手を置いた。あなたは床にうつぶせに寝そべって、空のケージを眺めていた。ハムスターがいないので、なかの巣箱や回し車や給水器はあなたのものだった。小さい人になっていろいろなものによじ登ったり、巣箱の暗がりで丸くなって眠ったりする想像に飽きると、ケージの上にはノートや教科書が積み重なった。ハムスターの思い出のためにケージが取ってあるのではなく、ただ誰も片付けないからそこにあるのだということにあなたの母親が気付くまで、一年かかった。ケージが撤去されると、あなたは「あ、広くなったね、部屋」とうれしげに言って、肩からランドセルを滑らせた。

「性格の穏やかな、無口でおとなしい子だから」とわたしの父が言ったとき、紅茶のカップに添えたあなたの指先に、ハムスターのやわらかいけれど芯のある脚の感触がよみがえった。父は、「好き嫌いなくなんでも食べるし、アレルギーもない」とも言い、そのわずかなあいだにもうハムスターの記憶はあとかたもなくなっていた。父はもちろん、彼の一人娘のはなしを、わたしのはなしをしているのだった。

「しつけも、親であるぼくが言うと親ばかみたいだけど、行き届いてる。ほんとうによくできたいい子だと思う。今はちょっと混乱してるけど。まあでも、ほら、ね、もうしばらくは」

父は、気楽に、難しく考えずに越してきてほしいと言った。もちろん結婚したいと思っているけれども、ひとまずは同居をして、三人でやっていけるかどうかきみ自身で判断を下してほしい。ただし、結論を出すのにあまり長くかかるのは困る。

「子どもがかわいそうだからね」と父は言った。

父は三十代後半で、あなたとは年齢の開きがあったが、見てくれは決して悪くはなかったし、なにより、それなりに名の知れた企業に勤めていた。父は家政婦と、子守を求めていた。つまり、父の提案に乗るかぎり、あなたはもう勤めに出なくてもいいのだった。

あなたはそのとき派遣社員だった。仕事は、好きでもきらいでもなかった。仕事は、あなたが好きにもきらいにもならない程度にむずかしく、かんたんだった。勤めに出ないという選択肢が現実的でないので続けているだけだが、苦痛ではなかった。あるいは、苦痛であっても、慣れなければならない苦痛だった。眼球の上で少しの乾きと痛みを与え続けるハードコンタクトレンズのように。

けれど勤めに出ないという選択肢が実際に目の前に差し出された途端、あなたには翌日の出勤がとてつもなく退屈で、とてつもなく面倒なものに感じられた。出勤はいつでも退屈で面倒だったが、これほどまでではなかった。脚がしびれ、上体がテーブルの上にぐずぐずと崩れ落ちそうだった。それに、職場はこのところ、居心地が悪くなってきていた。そうと知っていながら、あなたはいっさい抗わずにいた。このままでは、きっと、もっと悪くなるだろう。紅茶のカップはほとんど空なのに突然重くなって、受け皿に戻す際にがちりと鋭い音が立った。

「半年でいい？」とあなたは尋ねた。「とりあえず、半年、暮らす。それで、決める」

父はうなずいた。笑顔を見せた。

するとと今度は、出勤が少しも苦ではなく、それどころか多少は心躍るものごとのように思われてきた。あなたにとって、勤めに出ることが過去になったのだった。これから辞意を伝え、退職の日を迎えるまでの未来もひっくるめて、すでに過去だった。

あなたは父と暮らすことよりも、わたしと暮らすことのほうを楽しみにした。あなたには弟がいるが、あなたの弟が子どもだったときは、あなたもまだ子どもだった。おとなになってからは、あなたのまわりには子どもはひとりもいなかった。数度顔合わせに連れてこられたわたしは、父の言ったとおりおとなしく、問いかけに小さくはっきりした声で答える以外は、ただ黙って座り続けていた。あなたは、わたしのほっそりした首と手首を眺めた。わたしのことを、動物みたいだとあなたは思った。そう、わたしは動物だ、あなたと同じ種類の。

あなたは、父の子どもを育てることは、いつか産むことになるだろう本当の自分の子どもを育てる練習になるかもしれないとも思った。あなたは休日に実家に立ち寄り、すでに決めたことをあなたの母親に報告した。

「お父さんにはないしょにしといて」とあなたは言った。

「それはいいけど」あなたの母親は怯(おび)えたように答えた。

「だって、別れるかもしれないし。ほんとに結婚することになってから言えばいいからさ」

「そうだけど」

あなたの母親はこの話に反対だったが、親の意見を聞き入れるような娘でないことはよく知っていた。なにかを禁止されたり制限されたりした結果、あなたが泣きわめいてあきらめるなどということは、もう中学生になったあたりから一切なくなっていた。あなたの母親は他県の大学にやっている息子に電話をした。

「お父さんにはないしょなんだけどね、お姉ちゃんがね」

「姉ちゃんの好きにすりゃいいじゃん」と彼は言った。

あなたの母親は適当なところで音を上げた。彼女が音を上げることは、さいしょから彼女自身にもわかっていた。彼女は娘をおそれていた。父は母が死んで二ヶ月もしないうちにあなたに助けを求めた。あなたの母親は、父の妻が生きていたころからあなたと父が関係していたことを知って、「じゃあ不倫してたってことなの」と叫んだ。

「まあそう言われればそうだけど。べつに、奥さんからとってやろうとかそういうのじゃなくて、ただつきあってただけ」あなたは照れ笑いをした。

わたしの母は、事故死だった。少なくとも表向きはそういうことになっていたし、真相は父にすらわからなかった。父は単身赴任をしており、二週間に一度新幹線に二時間座ってわたしたち母娘の待つマンションに帰る、という生活をしていた。しかし、赴任先で知り合ったあなたと過ごすために、帰宅の約束を反故にすることが多くなっていた。父はそのたびに母に電話をし、休日出勤しないといけないとか、同僚と飲みに行くとか、ちょっと風邪気味なので部屋で寝ていたいとか、適当な理由を告げた。母がそれに対してどう答えたか、あなたはいつも知らなかった。父は話さず、あなたも聞きたいと思わなかった。あなたは父の妻に無関心だった。その時点では手に入れることになるとは夢にも思わなかったので、父の子どもにも無関心だった。女の子だったか男の子だったかさえときどき忘れた。それどころか、あなたは父にも無関心といってよかった。父の仕事、父が贔屓にしているスポーツのチーム、映画の趣味も音楽の趣味も、父がかつてどんな子どもだったかも、別段知りたいことではなかった。知りたくないということもなかった。父が話せばいつまでも聞き、相槌を打ち、父が話し続けるための質問を適度に与えた。父から話さなければ、いっさいの質問をしなかった。

父も同じだ。あなたと父は、よく似ていた。

　あなたと父は、眼科で知り合った。双方とも患者だった。あなたはコンタクトレンズを長時間装用しすぎたせいで、眼球に傷をつくっていた。父は、視力には問題なかったが、季節性アレルギー性結膜炎にかかっていた。待合室にはふたりしかいないのに、妙に長く待たされていた。あなたはおもちゃみたいに大きな黒縁の、あまり似合わない眼鏡をかけ、ファッション雑誌をめくっていた。父は目を充血させ、ローテーブルに置かれたティッシュを引き抜いては、鼻に当てていた。あなたのほうが、先に呼ばれた。すぐに、父も呼ばれた。父が一般検査室に入ると、あなたは椅子に腰掛けて視力検査用の眼鏡をかけていた。看護師が手前に立ち、あなたの顔に軽くかがみ込んでレンズを抜き差ししていた。検査用眼鏡のフレームはあまりにも円く、さきほどまでかけていた黒縁の眼鏡よりもさらに似合っていなかった。看護師の指先がフレームにレンズを挿し入れると、あなたはその手の下から横目で父を見た。そして、ぴくりと口の端を上げて微笑んだ。それで、父も自分があなたを見つめて微笑んでいたことに気が付いた。

「そこへお掛けになってお待ちください」

ほんの少し振り返って横顔になった看護師が、父に指示を出した。あなたの顔が、看護師の背中で隠れた。視力検査用の椅子とパネルはもう一組あった。父は腰掛け、まっすぐにパネルを見つめた。父の目は、パネルの背後に電気が灯らなくても、かなり下のほうまでランドルト環を視認することができた。わたしにもできる。わたしはとても目がいい。父からの遺伝だろう。母がどうだったかは知らない。

父は、翌週も眼科を訪れた。眼科はビルの一室にあった。エレベーターで、あなたと乗り合わせた。あなたはやはり大きな黒縁の眼鏡をかけていたが、眼科にいたときとは違って肩口で跳ねる髪をうしろでひとつにまとめ、肩に薄いピンク色のカーディガンを引っかけ、両手で財布と携帯電話を握りしめていた。あなたは父が抱いていた印象よりずっと背が低く、そのくせあらわになった首は華奢（きゃしゃ）というよりはややずんぐりとしていた。眼科の階で降りたのは父だけだった。扉が閉まる寸前に、あなたは目を合わせずに微笑んで、わずかに会釈（えしゃく）をした。それで、またも父は自分のほうが先にあなたを振り返り、微笑みかけていたことに気が付いた。

あなたは、そのビルに入っている通販会社で働いていた。三度目の診察時には、父の症状はほぼ治まっており、あなたもう眼鏡はかけていなかった。あなたたちは今度は下りのエレベーターに乗り合わせた。ふたりきりではなく、小さなエレベーターいっぱいに人が詰まっていた。あなたが目だけを上げて父を見てはじめて、父はあなたがあの眼鏡の子だと気付いた。そして、あなたと目が合う前から、自分があなたの髪から覗（のぞ）く耳殻のてっぺんをじっと見下ろしていたことに気付いた。

あなたの容姿は、取り立ててすぐれたものではなかった。多少愛嬌（あいきょう）があるといった程度だったが、男性の気を惹（ひ）くにはあなたの持っているだけのものでじゅうぶんだったし、なによりもじゅうぶんだということをあなた自身がよく知っていた。あなたには、男性が自分に向けるほんのほのかな性的関心も、鋭敏に感知する才能があった。しかもそれを、取りこぼさずに拾い集める才能もあった。植木にたかる羽虫を一匹一匹指先で潰すようなものだった。あなたは手に入らないものを強く求めることはせず、手に入るものを淡々と、ただ、手に入るままに得ては手放した。決して面倒くさがらず、また決して無駄な暴走をすることもなかった。それがあなたの恋愛だった。

学生時代と二年足らずの正社員時代に何度か評判を落とした経験があったのに、あなたは学ばなかった。派遣社員として勤務する通販会社のフロアでもまた、あなたは評判を落としつつあった。同性の同僚たちには、わけがわからなかった。あなたの容姿は彼女たちにとってほとんど脅威ではなかったのにもかかわらず、彼女たちの目の前で、三十代半ばの既婚正社員と、二十代前半のアルバイトの大学生がそれぞれ用事をつくってはあなたのそばにやってきて、極端に冗談めいた態度を示していた。あなたは彼らよりも少しひかえめだった。どちらを選ぶか、あるいはどちらを先に選ぶか決めかねているのは同僚たちの目にも明らかだった。そういった事情から、父と関係を持ちはじめてからも、あなたはそれを誰にも悟らせなかった。

生活は、あなたにとっては平穏だった。ほとんど時間の感覚を失うくらいだった。好かれたり嫌われたりすることは、どんな人間であっても当然起こることなので、そういったことがらはいくら起こっても、平穏を乱すものとは見なさないのだった。あなたは、この生活が永遠に続くかのように感じていた。一日、また一日と時が経つのではなくて、引き延ばされたたった一日のなかに引き留められているようだった。でも、時間は経っていた。あなたは派遣の契約を無事に更新した。国内で、長く記憶されることになる天災が起こった。あなたはそのことをテレビの速報で知った。被害の甚大（じんだい）さに動揺し、悲しむ同僚たちに混じって、あなたもまた動揺し、悲しみに暮れたが、ひとりになるたびきれいに忘れた。あなたは恐怖しなかった。いつか、それが今ではないだけでいつか、自分の身にも同様の惨事が降り掛かるかもしれないと考えたことはあった、いいえ、考えてさえいなかった。それは同僚の誰かが言ったことだった。あなたは認めた、そのとおりだと言った。怖いと言った。言っただけだった。恐怖はつるつるとあなたの表面を滑っていった。あなたは恐怖を指先でもてあそび、目もくれなかった。父はふたたび季節性アレルギー性結膜炎を発症し、前と同じように何週間か眼科へ通わねばならなかった。あなたは偶然再会した学生時代の男友達を、二度部屋に泊めた。あなたの祖父が、ホスピスで死んだ。あなたが正確にその位置を指すことができない遠い国で内紛が起こり、別の遠い国で国内で起こったのと同じ規模の災害が起こった。あなたが中学生のとき夢中で読んでいた漫画が、ついに連載を終了した。そしてあるとき、わたしの母が死んだ。

母の遺体を発見したのは、父だった。その週末、父は休日出勤を理由に、帰宅しない予定だった。それはほんとうだった。あなたは高校時代の友人の結婚式に出るために、実家に戻っていた。そのことを承知だった父は、思いがけず仕事の予定がなくなったので、連絡もせずにふらりと新幹線に乗った。日曜の早朝だった。母がよけいな疑いを抱かないよう、帰れるときには少しでも帰っておくのが父の方針だった。コートのなかで肉が縮み、布地とのあいだに隙間ができるのがわかるくらいに寒い朝だった。こんな朝にわざわざ帰ってやることに意味があるんだ、と父は確信していた。マンションに着いたのは、昼近くだった。部屋のなかはしずかだった。電気はついていなかった。暖房はよく効いていた。玄関に立っていても温風の吹き寄せる気配がするほどだった。父は手袋を取り、コートを脱いだ。寝室では、わたしが両親のダブルベッドの真ん中で、掛け布団の上にうつぶせになって眠っていた。父は耳を寄せてわたしの寝息を聞いた。それからリビングへ入り、食卓の端に置かれたリモコンで暖房の温度を下げた。母はいなかった。ベランダへ続く窓は閉まっていたが、レースのカーテンが引いてあるだけでその上の厚い遮光カーテンは半ば開け放されており、部屋のなかはそれなりに明るかった。窓ガラスの下半分は磨りガラスだったので、視線はしぜんと上半分ばかりに向かった。高層階で見晴らしがいいと言って母はいつも喜んでいたものだったが、食卓のあたりからちょっと目をやっただけでは、見晴らしと言えるようなものはなにひとつなかった。空がただぼんやりと明るく光っているだけで、いわば無地の壁紙みたいなものだった。母の携帯電話に電話をすると、すぐそばで鋭く着信音が鳴り響いた。見ると、携帯電話は食卓の、母がいつも座る椅子の上だった。父は照明をつけ、冷蔵庫をのぞいてミネラルウォーターを飲んだ。流しには、牛乳を飲んだあとのガラスコップとパンの粉の散った皿が水を張った状態で置いてあった。わたしの肩をゆすって起こし、「お母さんは」と聞くと、わたしは目をひらかずに「知らない」と言ってまた眠りに落ちた。父はシャツを脱いだ。だが、家着のTシャツやズボンが入っているはずのキャビネットの引出には、新品の真っ白なタオルが隙間なく詰まっていた。父は肌着とトランクスのまま、わたしの隣に寝入った。

母の遺体は、夕方になってわたしに起こされた父がなんとなしにベランダの窓を開けるまで、固くつめたく強ばって横たわりつづけていた。ベランダの鍵は、父が開けたのだった。警察が来て指紋が採られたが、家族三人分のものしか検出されなかった。母はリネンのシャツワンピースに人差し指が入るくらい編み目の大きなニットのロングカーディガンを羽織り、タイツの上にウールのレッグウォーマーを穿き、ベランダ用のつっかけを引っかけていた。母の真上では、ピンチの連なったハンガーがなにも干されないままぶらさがっていた。

わたしの証言は、要領を得なかった。ベランダの鍵を閉めたかと聞かれれば閉められる、と返事してクレセント錠のレバーを両手で押したり引いたりしてみせた。お母さんが外にいるときに閉めたかと聞かれても、閉められるし開けられるよ、と返事してレバーを押したり引いたりした。普段とは様子の違うのに興奮して、わたしの頰は赤かった。母の死は、事故として処理された。わたしは母の死因をことばで聞かされたことはない。わたしは母の声もおぼえていない。おぼえているのは、母の笑顔だ。母は笑い、わたしも笑っていたから、わたしたちのあいだにある窓ガラスは口元でぶわぶわと白く曇った。わたしたちはそれが可笑しくて、でも笑うといっそう曇っておたがいが隠れてしまうから、できるだけ笑いをこらえなくてはいけなかった。わたしは爪先立ち、顎を思い切り反らせて母を見上げていた。曇りの晴れていくガラスの向こうで、母はいくつもの部品の寄せ集めのように見えた。たとえば、首もとにある生成りの衿、薄い肩を覆う杢グレーのカーディガン、同じ杢グレーの袖から臆病な小動物みたいにはみ出た指、その指がくるりと円を描き、少し下を指し、それと同時にゆっくり、大きく、やさしい微笑みのままにひとことひとことをかたちづくる唇の動き。

あなたの母親は、わたしの母が夫の不実を苦に自殺したのではないかと疑っていた。疑えば疑うほど、それこそが真実のように思えた。幾通りもの仮説が、あなたの母親の頭のなかを吹き荒れた。彼女はそれを口に出さずにはいられなかったが、それはとてつもなく難しいことでもあった。やっとのことで言い出した彼女の声は震え、しまいまで言ってしまう前に涙がこぼれた。あなたは苦笑した。

「だって奥さんは私たちのこと知らなかったのに」とあなたはかんたんに言い放った。「奥さんどころか、世界中の誰も知らなかったのに。それに、私、結婚したくてつきあってたんじゃないし」

父の死んだ妻が不倫を知らなかったなんてどうして断言できるのだろう、とあなたの母親は思う。でも、不倫を知っていた証拠もないのだった。わたしの母は誰にも相談しなかった。両親はすでになく、兄が遠方で家庭を持っていたが、もう丸五年は電話もメールもしていないということだった。日記や書き置きも残さなかった。自殺だとしても、原因は育児に行き詰まりを感じてのことだったかもしれないし、鬱病に取りつかれていたのかもしれないし、一目惚れするみたいにとつぜん死に惹きつけられたのかもしれなかった。

あなたの母親は、残された子どものことも心配だった。真相がどうであれ、もはやわたしは、ふつうの子どもではなかった。不吉な傷を負ってしまった子どもだった。救われなければ、不吉さに飲み込まれてしまう子どもだった。あなたの母親には、そんな子が自分の手に負えるとは思えなかった。でも、負うのは彼女の手ではなかった。娘であるあなたの手だ。

「カウンセリングに通わせなさい、ね。それから、ベランダに出るときにはかならず携帯電話を持って行くこと。ね。なにかあったら、ほら、電話さえあれば、ね」とあなたの母親は提案した。あなたは「ああ、うん」と聞き流した。あなたの母親は少し考え、今度は明るい声を出そうと努めた。「だいじょうぶよね、だってとりあえず半年暮らしてみるだけだもんね、だめだったら」

「そうそう、すぐ結婚するわけじゃないし」あなたはのんびりとさえぎった。

「それよりもさあ、三歳なのに、何も言われなくても食後には自分できちんと歯を磨くんだって、子ども。ほんとしつけが行き届いてるよねえ。いいお母さんだったんだねえ」

あなたの母親は、一瞬あなたを憎んだ。そしてこれまでに、何度も娘に激しい憎しみを抱いた瞬間があったことを思い出した。あなたがティッシュの箱を差し出し、あなたの母親は鼻をかんだ。せめて、負け惜しみを言いたかった。

「あんたはいつも他人事みたいに。そうやって、いつも自分だけ傷つかないのよね」

そのことばには、「だからきっとこれからもだいじょうぶ」という励ましと、「でもこれからはそうはいかない」という警告の両方が含まれていた。そしてあなたの母親は、その両方を望んでいた。娘がなにごともなく幸せに暮らしていくことを望み、同時に、つまずき、疲れ、失敗することを望んでいた。あなたはティッシュの箱を引っ込め、くずかごを差し出した。

わたしは、たしかに母の死によって心に傷を負ったようだった。父は当初はわたしの世話をベビーシッターを雇ってしのいだが、すぐに限界を感じた。

警察に事情聴取されたときの興奮が去ると、わたしは、ベランダには絶対に近付かなくなった。目に入れるのも拒んだため、リビングや、リビングを通った先にある子ども部屋には行けなくなった。無理に引っ張ると、大声をあげて泣いた。不思議な泣き方だった。泣きわめくのではなく、目を見開いたまま大量の涙を流し、口も開ききって「あー」とも「おー」ともつかぬ声を、息の続く限り放つのだ。その声は一定の音程を保ち、人間の声というよりは具合の悪くなった配管から気圧の関係かなにかで空気が噴出する音のように聞こえた。だから父はリビングのドアを閉め切り、玄関から入ってすぐの夫婦の寝室とトイレと浴室で、わたしの生活のすべてをすませた。父とベビーシッターは、寝室に食事を運ばねばならなかった。

それから、わたしは爪を嚙むようになった。ベビーシッターから指摘されるまでもなく、父はそれに気付いた。父娘ふたりして黙りこんでいるときには、しょっちゅう、ぴち、ぴち、と爪を嚙みきる音がした。わたしの指先は、唾液のせいで四六時中冷たかった。

「やめなさい」と言われるとわたしは指先を口から離したが、またしばらくすると、ぴち、ぴち、と爪に歯を当てた。ときどき、嚙みすぎて血を流した。出血すると、指はますます冷たかった。わたしは父がその小さな指先をひったくるように摑み上げるまで、痛がりもせずに湧き出る血を吸い、歯の角度を細かく変えながらいつまでも爪を齧りとった。父は、娘ののどが動くのを見て、嚙みちぎった爪を唾液とともに飲み下しているのを悟った。父は、爪を嚙んだことなどなかった。いつか娘の胃が降り積もった爪の破片で損傷するのではないかと恐れた。医者はその心配はないと保証した。非常に不衛生であるのでやめさせたほうがいいに決まっているが、怒鳴ったり叩いたりして無理にやめさせようとするのは逆効果だと説明があった。

「まずは心の不安を取り除くことです」と医者は言った。

父は、あなたがひとまず同居の提案を受け入れると、単身赴任先の土地に転勤願いを出した。会社は事情を考慮してただちに受理した。父はマンションを売りに出した。売却したお金でローンを返済し、あなたとわたしのために新たにローンを組み、一軒家を用意する腹づもりだった。とくにわたしにとっては、マンションよりは一戸建てのほうが実の母親を忘れるにはずっと都合がいいはずだった。しかし、すぐには買い手はつかなかった。

「だから家は買えない、現時点では」と父は言い訳をするように早口で言った。

「うん、しかたないんじゃない」とあなたは答えた。

父は適当な家賃の賃貸マンションを契約し、「売れたらいっしょに物件をさがしに行こうな」と言った。がっかりしたあなたをやさしく慰めるような言い方だった。あなたはちっともがっかりなどしていなかったのに。さらに父は、あなたを励ましさえした。

「それに、すぐに入籍するわけでもないしね。半年のあいだ、考える時間をあげるわけだし。相性というものがあるからね。こういうことを考慮しても、やっぱりすぐに家を買わないのは正解かもしれないね」

「うん」あなたは生返事をした。

あなたは、結婚式のことを考えていた。父とはまだそのことについては話し合っていなかったが、彼は結婚式を望まないような気がした。あなたの両親も、相手に連れ子がいるとあっては、そう強くは求めないだろう。結婚式をしないのはちょっとさみしい、とあなたは思った。しかし同時に、あなたには挙式する自分の姿を見せたい友人などいないのだということにも気づいた。大学時代や会社員時代の友人たちが、果たして今でも友人と言えるのかさえよくわからなかった。あなたはその友人たちとたまにメールのやりとりをし、ごくたまに待ち合わせて会い、また彼らの結婚式に招かれれば招かれるままに出かけて行きはした。彼らを今すぐごっそり失えば、おそらく自分は悲しむだろうとあなたは思った。でも、その悲しみはつるつると滑って、あなたのなかに浸透することはないだろう。あなたは自覚していた。自覚したのはこのときがおそらくはじめてだっただろう。あなたは少し笑った。失ってもたいした痛手ではないものを残酷に奪われることを想像するのは、なんとなく楽しいものだ。

派遣先の通販会社では、同僚たちにも退職の理由をとくに話さなかった。しつこく聞きつのってくる者もあったが、「実家の事情で」と言葉を濁し、うつむいてみせると、たいていはそれ以上詮索できなくなった。それでも詮索して来る者は、まわりが咎めてくれた。あなたは巨大なクッキーの缶を給湯室に残し、一人暮らしをしていたアパートを引き払い、用意された3LDKのマンションに移り住んだ。友人として携帯電話に登録している誰のところにも、引越しを知らせるメールを送らなかった。

わたしの部屋は、今度は玄関脇の一室に定められていた。父とわたしはあなたより二日早く入居していたが、わたしはやはり、ベランダに面したリビングには足を踏み入れようとはしなかった。家具家電は、旧居からそのまま運ばれてきていた。リビングのカーテンでさえ、たまたまサイズが合ったからというだけの理由で同じものが下げられていた。ただ、大人用のベッドはなかった。この二日間は、ソファで寝たのだと父は少し自慢げに言った。どうして、とあなたが尋ねると、父は驚いた顔をした。

なんでも好きなのを買っていいとクレジットカードを渡され、あなたは近所のホームセンターで目についたベッドを買った。シーツや布団、布団カバーも同じ店で選んだ。あなたはわたしを連れてきていた。わたしはおとなしく、従順だった。母が、そのようにわたしをしつけたからだ。あなたは、布団カバーのパックをあるだけ並べて「何色がいいと思う?」と尋ねた。わたしは答えなかった。あなたはわたしが答えないことを、ほとんど意識しなかった。「うーん」と言いながら、ベージュのものを選んだ。

そのあとで、わたしたちはカーテン売り場にさしかかった。あなたが何の気なしに吊り下がった見本の生地を触りながら進んでいると、わたしが立ち止まった。あなたはだいぶ離れてから振り返り、歩調を乱さずにゆっくりと戻った。なにを見ているのかとあなたは尋ねた。わたしは目の前のカーテンを真剣に見つめながら、「ピンク」と言った。あなたはそのカーテンを無造作に引っ張り、「うん、ピンクだね」と答えた。

濃いピンクのカーテンは安っぽいくせに遮光性で、閉め切ると部屋を圧迫して息苦しささえ感じさせるほどだったが、わたしがリビングと一続きのダイニングで、カーテンを眺めながら食卓で爪を噛み、あなたがその向かいの椅子にかけて雑誌を読んでいるのを見て、父はなにも言わないことにした。

窓を閉め、ピンクのカーテンを引いておくと、わたしはしごく落ち着いた。リビングにはあまり足を踏み入れたがらなかったが、ダイニングには平気で出入りするので、生活上の不便はあっさりと解消された。あなたは室内用の大きな折りたたみ物干しを買い、除湿器を買った。

あなたは、そのことをあなたの母親に電話で報告した。

「そう……そうね、特殊な状況だものね」とあなたの母親は口ごもった。彼女は、太陽光の殺菌作用について娘に意見したくてたまらなかった。しかし、意見したがっているのを娘が察していることもまた明白であり、そういうときはいつも娘のほうがさっさと頭をめぐらせて会話を終わらせてくれるのだった。

「どこに干したって、乾けばいっしょでしょ」あなたは言い、手早く電話を切った。

あなたは日当たりや風通しには興味がなかったので、そうしておくことにまったく抵抗を感じなかった。折りたたみ物干しを使うときは、リビングを斜めに横切るかたちに広げなければならず、部屋の美観は一気に損なわれたが、そんなことにもあなたは頓着(とんちゃく)しなかった。わたしは、飛行物体の模型のように両翼を広げた物干しを、熱意を込めて見つめた。折りたたみ物干しがリビングを占領すると、あなたとわたしは好きでダイニングに座っているのではなく、そこに追い込まれてしまったかのように見えた。そんな、外の世界なんて存在しないみたいな部屋で、あなたとわたしは、お互いのことを気に掛けずに、ごくしぜんな沈黙を共有してそこにいることができた。なんの緊張感もなかった。まるでずっと一緒に生きてきた家族か、公共の場に居合わせただけのまったくの他人のようだった。

あなたは最寄りの幼稚園に問合わせて慌ただしく手続きを済ませ、なんとか入園式に間に合わせた。あなたはわたしを毎日送迎し、着替えさせ、食べさせ、風呂に入れ、子ども部屋に連れて行ってベッドに寝かせ、布団をかけた。もっとも、わたしは事前に父が言っていたとおり、自分のことはたいてい自分でこなすようしつけられていたので、正確にはあなたはなにかをするよう促すだけでよかった。わたしはますます口数が少なくなったが、黙々と従った。あなたは、わたしをスナック菓子で手懐けた。死んだ母の方針で、安価で不健康な菓子はほとんど与えられずに育ったので、わたしはすぐさま没頭した。あなたはわたしに、気前よくジュースでもチョコレートでも買ってやった。うまい手だ。一方が食べ続けていると、会話の必要性もあまりないのだった。それに食べ続けていると、爪を嚙むことも減った。癖が治りつつあるのではなくて、単に菓子と爪のふたつを同時に食べることができないからだったが、父にはじゅうぶんだった。あなたが来てから、わたしのことで手を煩わされることがほとんどなくなったので、父は自分の選択はまちがっていなかったとよろこんだ。

ただ、そんな父の目から見ても、あなたはよい主婦とは言いかねた。父の死んだ妻は、家事が得意だった。熱意を込めて整理整頓をし、掃除をした。あなたはそうではなかった。父が帰宅すると、ソファやその前に敷いたラグの上に、乾き切った洗濯物がぐちゃぐちゃに放ってあった。肌着や靴下のたたみ方にも規則性というものがなかった。また、父の死んだ妻は、一汁三菜をこころがけていた。あなたの出す料理は大皿に一品と、ひとつかみほどの生のサラダだった。それに、スーパーで買ってきた出来合いのものを皿に移しただけ、といったこともめずらしくなかった。食後には、父の前でも堂々とわたしに安い菓子を与えた。それでもかまわない、と父は思った。こういったことは、入籍をすませてから徐々に指摘して改善を促せばよい。それにむしろ、無心に菓子をむさぼるわたしは、以前よりずっと子どもらしくなったようにも見えた。父はあなたを手放すわけにはいかなかった。父はあなたの若さをおそれていた。移り気なところも承知していた。父は、できるだけ早くあなたを妊娠させるつもりだった。けれど、うまくいかなかった。

母が死んでから、父は性行為をさいごまでとり行うことができなくなっていた。それだけぼくは傷ついたんだ、あんなことがあったんだから、と父は言った。

「うん、わかる」とあなたは答えた。父はあなたが父を責めないことに安心し、また楽観視していた。新しい住まいで新しい暮らしをはじめたら、きっと快復するだろうと父は信じていた。でも、やはりだめなのだった。あなたの選んだベッドであなたを抱き寄せ、てのひらを腹や腰に這わせても、どうにもならなかった。

父は、死んだあとの妻のまぶたをおぼえていた。まぶたはおおむね閉じていた。下睫毛とのあいだのわずかな隙間に、おそらくは白眼が覗いていたはずだが、記憶には残らなかった。それよりも、死んで間もないのにまぶたの肉が痩せたことが印象的だった。これまで皮一枚と思われたまぶたにも脂肪や筋肉が詰まっていたことを父は知った。痩せおとろえたまぶた越しに、隠された眼球のかたちがはっきりとわかった。水分を失った眼球は、型くずれしはじめていた。ほんとうならただ丸く膨らんでいるはずのまぶたは、膨らみの最頂部でぽこんと小さく凹んでいた。それが、死んだわたしの母のまぶただ。

間近に見下ろすあなたのまぶたは、ふっくらとしてよく動いた。動くたびに、湿った眼球が現れては消えた。以前、ホテルで会っていたときには、その眼球にはコンタクトレンズが載っていた。茶色の瞳の上に、うっすらと円い縁が光った。このベッドでは、それがなかった。今ではここがあなたの家で、あとは眠るだけなのだからコンタクトレンズは外しているのだった。あなたの視力が裸眼では0・1もないことを、父はいっしょに暮らすようになってから知った。その視界がどんなふうであるのか、父には想像がつかなかった。わたしにはだいたいわかる。わたしは、ものすごく目がいいから。強度の近視の視界が想像できるくらいに、わたしは目がいいのだ。

「見えてる？」少し体を離して、父は尋ねた。

「え、なにが？」あなたは真上の父を見つめた。

「顔」

「顔？」

「うん、顔、おれの」

あなたは会話に詰まったりしなかった。スムーズに、答えを返した。

「顔自体は見える」

「どういうこと？」

「中身はよくわかんない。目も鼻も口もあるといえばあるけど、かたちがはっきりしない。ぐちゃぐちゃ」

あなたはなんでもないことのように言ったが、父にはよく飲み込めなかった。それではおれはのっぺらぼうのようなものではないか、と思った。

閉じたり開いたりするあなたの目が、ろくに見えていないはずなのに開いている数秒間はしっかりと視線を合わせてくることも、父には解せなかった。父は、心や人格は目にあらわれるといったような考え方に特別な価値を置く人間ではなかったが、そんな父にとっても目という器官にはなにか期待するところがあった。しかし、涙の薄い膜で覆われ、ずるずると細かい不穏な動きをするあなたの目は、見れば見るほどただの器官にすぎないことが明らかとなった。

濡(ぬ)れているのも動くのも、感情や官能とはまったく関係なく、器官の機能上必要だから濡れているし、動くのだった。父は、糸状の血管のからまる小さなふたつの器官を見下ろしていた。やがて父が謝って身を引くと、あなたは拍子抜けしたようではあったが、悲しげな顔や不満そうな態度は見せなかった。父は、はじめてあなたと眼科で出会ったときのことを思い出した。顔に無骨な視力検査用の眼鏡を掛け、横目で父を見たあなたの目を。顔を動かさずに目だけで隣の席を見るのなら、眼球はレンズ越しではなく、まったくの裸眼で父をとらえたはずだった。あのときたしかに自分を見て微笑んだんだ、と父は思った。つまりあなたは、顔の中身も見えない目で父を見て、そして微笑んだ。

この記憶に、どんな評価を与えるべきなのか、父はわからなかった。かわいらしいと感じる日もあれば、不気味だと感じる日もあった。

父は、自分の能力を確かめるために、別の女性と関係した。それで、不能になってしまったわけではないことを知ってほっとした。ただ、あなたとはできないだけなのだった。他の女のまぶたを見ても死んだ妻の痩せたまぶたを思い出すし、他の女の眼球もまたあなたのものと同じようにひとそろいの器官であるに過ぎなかったが、あなたとのときだけできなかった。

あなたは、父が浮気をしていることにすぐに勘付いた。物証が上がったわけではなかったが、根拠のないことでもなかった。父はときどき性交を試み、それが相変わらずうまくいかないのに、以前に比べてとくに焦(あせ)りが募っていくふうでもなかった。そのあとは、父はあからさまに、あなたが父をいたわるために表情をつくり、いたわる言葉を発するのを待った。あなたは父の望むとおりにした。父はすまなそうにしながらも、満足げにあなたをいたわり返した。まるで、うまくいかないのはほんとうはあなたの問題であり、父の問題ではないとでもいうような態度だった。実際、父のなかではそういうことになっているのだろうとあなたは悟った。

だからといって、あなたは父の持ち物をあさったり、口に出して問い詰めたりといった面倒なことをするつもりはなかった。いずれこんなことになるんじゃないかと思っていたので、たいして失望もしなかった。むしろあたたかな共感があった。浮気をする男は、手に入る機会があればちゃんと手に入れるのだ。何度でも、自分みたいに。それは、それればかりか、あなたは父に対してはじめてはっきりと愛情を抱いた。それは、自分自身に向けるようなやすらかな愛情だった。あなたは、いっそ気が楽だったのだ。父が今までの生き方を変えない以上、あなただって今までの生き方を変える必要がないのだから。

あなたは、わたしに飽きてきていた。わたしは、事前に親からおとなしくするようこんこんと言い聞かされて客の前に出された態を保ち続けていた。驚異的な粘り強さだった。わたしは、あなたがなにか言い聞かせなければならないようなことは起こさなかった。それに、あなたは、わたしに言い聞かせてあげられるような言葉を持っていなかった。

この子は一生こうやっていい子でいるのかな、とあなたは考えた。そして、未来のことを考えた。あなたは若かった。いつでもこのマンションを出て、実家に帰り、これまでとは違う派遣会社に登録するか正社員登用をしてくれる会社を片っ端から訪ね歩くことができる。どういったかたちであれ、あなたは雇用されるだろう。男と出会い、あるいは再会し、恋愛をして結婚することもできる。あなたには、可能性があった。そしてわたしには、あなたとは比べものにならないほど多くの可能性があった。でも、わたしがスナック菓子を食べる姿は、わたしが持っているあらゆる未来をあらかじめ食い荒らしているように見えた。

あなたは、ほどなくして愛人をつくった。探さないでも、あちらから姿をあらわした。

きっかけは、本だった。夕食時にとつぜん、「本を処分しよう」と父が言った。父は和室を見ていた。ふすまは半ば開き、すきまに段ボール箱の角が挟まってわずかにリビングに迫り出していた。和室は荷物置き場と化しており、父が旧居から考えもなしに引き上げてきた雑多な荷物のほか、あなたの私物も詰め込まれていた。

「本を処分すれば、その分スペースが空いて整頓しやすくなるだろ。それに、部屋干しも和室でやればいい」

「本？」とあなたは聞き返した。リビングには本棚があった。あなたが来たときには、ＣＤやＤＶＤが少々と家電の説明書が収められているだけで、ほとんど空だった。今ではあなたが買った料理の本や雑誌が加わっていたが、それもほんの数冊なので自立せずに斜めにへたっていた。あなたはもちろん本棚の存在には気付いていたわけだが、かつてそこを満たす本があったなんて、あなたにとっては意外だった。

あくる日、父が出勤し、わたしを幼稚園に送ってしまうと、あなたは和室の押入を開けた。死んだわたしの母の本が詰まった段ボールは、すぐに見つかった。あなたは段ボールを引きずり出して中身をたしかめた。小説本と外国の絵本、料理本だった。

あなたは、小説の単行本を一冊つかみ取った。中身ではなく、物としての感触に若干の関心が湧いたのだった。あなたは小説は読まない。単行本など、めったに手にしたことがなかった。本は、予想していたよりずっと軽かった。あなたは本を載せたてのひらを二、三度上下させ、適当にページをひらいた。そこには、付属のしおり紐が「し」のかたちではさまっていた。まだ一度も使われていないしおり紐だった。その薄紫色のしおり紐をつまみあげると、ページの表面が同じかたちにくぼんでいた。あなたはそのかすかなくぼみを指でなぞり、しおり紐をまっすぐに伸ばして、別の適当なページに挟んでから本を閉じた。

あなたは段ボールの中身をすべて床に空けてみた。小説本には文庫本と単行本があったが、文庫本がどれも薄汚れ、ページが変色しているのに比べ、単行本はおおむね新品のように見えた。調べてみると、未使用のしおり紐が眠る単行本は、全体のおよそ八割ほどにも上った。それらは明らかに読まれていない本だった。あなたはそういった単行本を次々と開き、しおり紐を摘んで伸ばし、本の外に引っ張り出し、ページに残った痕をなぞった。あなたは、ノンブルや文字列にも気まぐれに指を這わせた。まるで、埃か死んだ虫を払い落とすみたいに、数字や文字を扱った。紙は、しっとりしていた。なぞるうちに、あなたの指先から水分と油分が失われ、紙がそれを吸い取った。やがて、あなたの指先がすっかりかさついてしまうと、紙のほうもぱさぱさとしたいやな感触だけを返すようになった。あなたの指紋の溝と紙の繊維は、引っかかり合っておたがいの表面を荒らした。

しおり紐は、白いものもあれば赤いものもあり、黄緑色、黄色、青、ピンクもあった。すべて出し終えると、あなたはまた一冊ずつ段ボールに戻した。料理本は自分で用意したものがあったし、ひととおり触ると小説本に用はなかった。外国の絵本のうちなんとなく表紙の気に入ったものを四冊だけ選び出して畳に置き、あとはためらいなく詰め直した。

あなたは持ち込んだ自分の荷物のなかからノートパソコンを出し、インターネットで近辺の古書店を検索した。カフェが併設された、芸術書なども取り扱う小さな店が、すぐに見つかった。雑誌にもちょくちょく載るような、有名な店らしかった。

本を引取に来た男は、あなたとさほど年が変わらないように見えた。前髪が見苦しく伸び、大学生のような格好をしていた。白いキャンバス地のスニーカーは灰色に汚れきっていた。そんななりでも、店長なのだった。部屋に上げたが、食卓にもソファにも座らず、フローリングに胡座(あぐら)をかいてその場で査定をはじめた。段ボールを持ち去るだけだと思っていたあなたは、あわててインスタントコーヒーを淹(い)れた。彼は手をつけなかった。あなたは、食卓でひとりコーヒーを飲みながら、古本屋のうしろすがたを見下ろしていた。父よりも、ずいぶん大きな肩だった。いつもより部屋が狭く感じられた。査定には一時間ほどかかった。

終わると、古本屋は「なんかおしゃれな家っすね」と言って段ボールを持ち上げた。あなたは、室内用物干しを和室にしまっておいてよかったと思った。わたしを幼稚園に迎えに行く時間が近付いていたので、あなたもいっしょに部屋を出た。

幼稚園は、徒歩では二十分ほどかかる距離にあった。保護者の多くは自転車のうしろに子どもを乗せて送迎していたが、あなたとわたしはいつも歩いた。わたしたちは、互いにひとりきりであるかのように歩いた。そのときどきであなたが前に立ち、あるいはわたしが前に立った。偶然、横並びになることもあった。自転車を使わないのは、あなたに自信がないせいだった。あなたは学生時代に二人乗りをするときも、漕ぐ側にまわったことがなかった。それに、友達とふざけて四人乗りをして事故をおこした経験もあった。古本屋は、あなたをワンボックスカーの助手席に乗せて幼稚園まで送り届けた。

古本屋の仕事は、買取の予定がなければだいたい午後の遅くからはじまることになっていた。わたしが幼稚園に行っているあいだに、あなたたちは週に二度三度と会うようになった。場所は彼のアパートだった。学生と独身者が住まいするワンルームのアパートで、ドアを開ける彼はいつも髪に寝癖をつけ、毛玉だらけのTシャツとぐったりした綿のズボンを身につけていた。部屋があなたのために整頓されたようすはなかった。

「麻衣ちゃんとこみたいなおしゃれな部屋じゃなくてごめん」と彼はだらしなく笑った。

床は一番奥の壁につけて置かれたベッドまでの一筋の道を残して、林立する本の塔で覆われていた。あなたの腰の高さほどにまで積まれた本の塔は、歩き抜けるとぶるぶると震えるものもあった。崩れるのではないかと思わず中腰になったが、古本屋は「だいじょうぶだよ」と平気な顔をしていた。彼の「だいじょうぶだよ」は、倒れないから大丈夫、という意味ではなかった。本の塔はしばしば崩れた。ひとつが崩れると、そのとなりもたいてい崩れた。古本屋はやはり平気な顔をして大きなてのひらを伸ばし、本を拾い上げて積み直した。

「売り物？　私物？」とあなたは尋ねた。

「売り物」と古本屋は言った。「でも気に入ったのがあったら、二、三冊なら持って帰っていいよ」

「え、いらない」

「なんで。遠慮しなくていいよ」

「だって本読まないし」

「うそ」

古本屋とあなたは笑顔で見つめ合った。古本屋の笑顔に探るような、戸惑ったようなゆらぎがあらわれるまで、一秒もかからなかった。あなたは反射的に口を開いた。

「じゃもらう」

あなたは振り返って、本の塔のひとつひとつに目を留めた。でも、とくになにも見ていなかった。タイミングをはかっていただけだった。本を選んでいるそぶりができるだけほんものらしく見えるように、あなたは呼吸と視線を調節した。あなたは、わたしが自分の産んだ子どもではないことも、父と入籍していないことも、父に死んだ妻がいることも古本屋には話していなかった。そのことが古本屋とのつきあいに影響をおよぼすとはあまり思えなかったが、説明するのが面倒だったのだ。

あなたはそっと歩を進めて、二、三の塔の側面を覗き込み、一番上に重ねられた本を持ち上げて二番目の本を確認し、それから別の塔に手を伸ばして上から四番目の文庫本をしずかに抜き取った。あなたは表紙カバーを見たとたんに、少し後悔した。装画の背景は黒く、下半分には針金の引っ掻き傷のような線で草原が描き込まれていた。その上、カバー紙には指で強くつかんだ際の爪の跡さえ残っており、端の折り目ではインクが落ちて紙の白い断面が覗いていた。

小口は、ほとんどあなたの指と同じくらいに黄色かった。

「これ」

やわらかにたわませ、小口に親指の腹をすべらせた。高速でめくれていくページからわずかな風が立った。コンタクトレンズを貼り付けた目が、うっすらと乾いていくのがわかった。あなたは本を少しかたむけて表紙を古本屋に向けた。

「それ?」

「これ」

「それ、麻衣ちゃんのだよ。麻衣ちゃん家から買い取ったやつ」

あなたは、表紙を自分に向けた。そういえば、見覚えがあるような気もした。

「うん」とあなたはうなずいた。「だから、これちょうだい。さがしてたの。まちがって売っちゃったのかなって思ってたとこ」

あなたはゆっくりと本をかばんに押し込み、カーディガンを脱いでその上に載せた。古本屋があなたに近付くと、本の塔が激しく揺れたが、崩れはしなかった。塔を崩すのはいつもあなたで、古本屋が崩したことはなかった。

古本屋と過ごしてからわたしを幼稚園に迎えに行くと、あなたはいつも昼食を摂るタイミングを逸した。ふたりで食事をすることはなかった。古本屋の部屋のキッチンは、使われた形跡がなかった。冷蔵庫はあったが、プラグが抜かれていた。開けてみると、本が入っていた。食事はたいていカフェのまかないで済ませてる、と彼は説明した。カフェは、古本屋とは別経営だった。古本屋は、食べ物にはこだわりはないんだ、と言った。腹がふくれればそれでいいのだった。

「とにかく量さえあればなんでもいいね」

「本も?」とあなたは笑いかけた。

古本屋を訪ねる時間帯にはさほど空腹は感じなかったし、わたしを迎えに行く刻限ぎりぎりまでいっしょにいたかったので、あなたは昼食を抜くようになった。そういう日には、わたしを連れ帰ってから、マンションの部屋でわたしがお菓子を食べるのにつきあった。しかしそれでも、いつもあなたよりもわたしのほうが量を食べた。わたしは真剣に、一心不乱にお菓子を噛み、飲み込んだ。あなたは少しだけ痩せ、わたしは目に見えて太りはじめていた。母はわたしが長く着られるようにと、いつも質のいい服を大きめのサイズで用意していた。わたしはもともとはとても痩せた子どもだったので、服のなかで体が泳ぎ、裸でいるみたいだった。わたしの体は、服との隙間（すきま）をじりじりと埋めつつあった。あなたの目には映らなかったけれど。

あなたは、わたしではなく、部屋を見ていた。あなたは古本屋に言われてはじめて、父が旧居から持ち込んだ家具が、行き当たりばったりに買い揃（そろ）えられたものではないことに気付いた。リビングに配された家具は、どれも同じ色味で同じ風合いをしていた。あなたはお菓子を切り上げ、手を洗い、食卓でノートパソコンを起動した。インターネットで調べて、その灰色を帯びた枯れたような色合いの木がウォールナット、あるいはウォールナット風に着色された合板だと知った。

あなたはわたしの部屋に入ってみた。窓には、白地にパステルグリーンのストライプ模様のカーテンがかかっていた。机とベッドとチェストは白く塗装された木製品だった。どれも、すっきりとシンプルなかたちをしており、余計な装飾めいた処理は目につかなかった。なにもかも、父の死んだ妻が選んだ家具だった。彼女がはっきりとした趣味嗜好にしたがって、選び抜いた品々だった。あなたはリビングのピンクのカーテンを見、寝室へ入ってベッドを見た。これらだけが、マンションのこの部屋のなかで異質だった。端的に言えば、安物なのだった。特にベッドは、脇にあるウォールナットのチェストに比べ、ずいぶん貧相に見えた。父のクレジットカードはまだあなたの手元にあった。あなたはインターネットで見つけ出したウォールナット素材のダブルベッドを注文した。布団カバーと枕カバーも買い直した。北欧のデザイナーが手がけた、人気のファブリックだった。そのブランドが流行していることは、前々からなんとなく知っていたことではあった。それまではさして興味もなかったのに、ネット上で飽きるほど目にしていると、飽きるどころかむしょうに欲しくなった。

部屋の設えについて検索するうちに、あなたはしだいに見本が山ほどあることを知った。多くのブログで、清潔に保たれた個人宅が披露されていた。そういったブログの管理者はたいてい女性で、二十代から五十代と年齢層は幅広く、独身者、専業主婦、兼業主婦、子なし、あるいは子もちと立場は様々であり、住宅そのものも賃貸マンション、分譲マンション、新築一戸建て、リフォーム済み中古物件などの差違はあったが、彼女らの見せびらかす居住空間は驚くほど似通っていた。ほとんどの管理者が同じ北欧の皿、北欧の布を愛用し、北欧風に仕立てたというふれこみの家具を揃え、ときには激しく汚れ、損傷さえ目立つような古道具をアンティークと称してわざわざ買い求めたりしていた。

父の死んだ妻が選んだウォールナットの家具類は、インターネットの向こうでもてはやされている価値観とじゅうぶんに合致していた。あなたは手招きをした。わたしはスナック菓子の袋を摑んで椅子を降り、あなたの椅子の隣に立った。

「リビングのカーテン、変えようと思うんだけど、どれがいい？」

わたしは長いことパソコンの画面を見ていた。そのあいだも、しゃくしゃくという咀嚼音は途絶えなかった。あまりに長いのであなたがそっと盗み見ると、無表情のわたしの目の縁で、涙がふくれあがっていた。

「今のピンクの、好き？」とあなたは尋ねた。わたしはうなずき、その拍子に涙がすっとこぼれた。あなたはあらためて部屋を見渡し、「わかった」と言った。ウォールナットとピンクのカーテンは、見ようによっては色味が合っていた。わたしは指に残った菓子のくずを舐め、小指の爪を嚙んだ。

ウォールナットのダブルベッドが届いて、まだ新しかったホームセンターのベッドを処分すると、あなたはインターネットで食器を買った。父の死んだ妻の食器は何から何まですべて真っ白で、それもまた住空間を披露するブログの世界で高く評価される価値観であったが、あなたには物足りなかった。あなたは、ブックマークしているどこのブログにも写り込んでいる、植物の文様が描かれた皿やカップアンドソーサーを注文した。陶製の置き人形を買い、小さな水差しを買った。それらは、本棚に飾り付けられた。なんとなく売らずに取っておいた四冊の外国の絵本も、ワイヤーの本立てを買って面陳した。あなたは、かばんに入れっぱなしになっていた文庫本も思い出して取り出したが、飾って見栄え(みば)のするようなものでもなかったので、本棚の下の段に料理本や雑誌と並べて挿しておいた。

幼稚園から帰ってきたわたしは、斜めがけのかばんを下げたまま、飾られた絵本をじっと見た。そして、親指の爪を噛みしめ、次いで中指の爪を噛みとってから、「これ、ひなちゃんの好きなやつ」と小さな声でつぶやいた。

「そう？　よかったね」とあなたは答えた。

「さがしてたの」

「そう？　よかったね」とあなたは繰り返した。


同居して二ヶ月が過ぎるころには、脱いだ衣服や乾いた洗濯物が、ソファやラグに放置されることが少なくなった。折りたたみの物干しは、閉め切った和室でのみ使われるので目障り（めざわり）でもなくなった。あなたの閲覧するブログには、収納術についての指南を掲載しているものも多かった。死んだ母の域には遠く及ばないが、あなたはそれらを参考に、掃除や整頓をするようになった。父はいい傾向だと思った。環境さえ提供してやれば、女性はこのように自然に妻として、母としてかたちを為（な）していくものだ。自分が選んだのは、そういった正常な本能を持った健康な女性だった。父は悦に入った。こうなると、当面のところ子どもを産ませてやれないのが、かわいそうでならなかった。父はあなたの勝手な買い物に文句をつけたりせず、むしろもっと買ってもよいと言った。あなたに愛人がいるなどとは思いも寄らないことだった。同居以前に、あなたが学生時代の友人と浮気をしたことにもまったく気付いていなかった。女は男ができると変わる、と父は信じ込んでいた。化粧が濃くなり、服装がきわどいものになり、下着は派手になるはずだった。父と不倫していたときだってあなたはちっとも変わらなかったのに。でも父がそのことを知らないのももっともだ、父は自分と不倫する以前のあなたのことは知らないのだから。

あなたは、古本屋の前でも分け隔てなく、得た知識を活かした。あなたは全裸のまま古本屋のベッドに正座して、彼の脱ぎ散らかしたTシャツのなかから一枚を引っ張り出した。それらは壁付けにされたベッドと壁のわずかな隙間を埋めるようにして、枕のほうから足元までまっすぐに連なっているのだった。手に取ると、Tシャツは湿気を含み、しんなりとつめたかった。

「うわ、しわくちゃだ」

「着れば伸びるよ」

「こういうのはたたんで引出に立てて収納するといいんだって」

「そうらしいね」

古本屋の目の前で、あなたの背骨がゆっくりとたわんだ。上体を前屈させて、Tシャツをたたみはじめたのだった。

この二ヶ月で、あなたのパソコンには数多(あまた)のブックマークが登録された。それらを過去の記事にもさかのぼってすべてチェックするのは骨の折れる作業だったが、あなたはお菓子を食べるわたしの向かいで黙々とこなした。乾燥して充血する眼球に、しきりに目薬を差しながら。あなたの眼下に、選別され、整えられた時間の集積物があらわれる。ある管理者は妊娠を公表し、別の管理者は出産していた。さらに別の管理者たちの息子や娘は、入学したり卒業したりしており、子どもの話題ほど頻繁ではないが、管理者たちの夫の趣味や行動が報告され、実両親や義両親はしばしば死んでいった。管理者たちは退職し、転職し、昇進し、異動し、旅行に行き、ときには引っ越しもした。また、いくつものブログが新しく開設され、いくつものブログが理由を告げて、あるいは一言の挨拶（あいさつ）もなしに更新をやめた。なかには、管理者が死んだものもあっただろう。少なくとも、ひとつはそうだ。わたしの母のブログだ。あなたのお気に入りのブログだ。

あなたは、わたしの死んだ母の顔を知らない。背丈も、体型も知らない。年齢は自分より年上だろうとはなんとなく想像していたものの、いくつ年上であるかは知らない。名前は知っていた。カナだ。だが、加奈であったか佳奈であったかは覚束（おぼつか）なかった。奈、のほうは間違いないと思われた。わたしの名前が陽奈（ひな）だからだ。

しかし、容姿も年齢も、名前もどうだっていい。そんなことは、わたしの母が知ってほしいことではなかった。母が知ってほしかった母を、あるときあなたは見つけた。それは、日課として閲覧するようになったさまざまなブログのリンクをでたらめに辿るうちに出現した。「透きとおる日々」と題されたブログだ。写真を主体としてつくられたブログで、テキストは記事ごとに一行か二行ほどしか書かれていなかった。

あなたがそれを見つけたとき、わたしの歯がお菓子を粉砕する音が聞こえていた。飲み下す音もだ。わたしは、甘い飲みものを飲んでいた。その日はソーダだった。あなたはパソコンのモニターを少し手前に下げた。わたしは炭酸の強いソーダを、かぶりつくようにして飲んでいる。ふつうは、ただの水でもなかなかそんなふうには飲まない。あなたはわたしの喉に感心した。まだ三年と少ししか使われていないはずなのに、じょうぶな喉だと。

わたしが手の甲でくちびるをぬぐい、あなたを見た。そのまま、手は袋からスナック菓子をつまみ取り、口へ運んだ。

「おいしい？」とあなたは愛想良く笑った。

「おいしい」わたしは無表情だった。

「もう一袋あるよ」あなたは立った。買い置きのスナック菓子の袋を持ってきて、わたしの前に置いた。

あなたは、マウスをせわしなくスクロールさせて、発見したブログをあらためてよく見た。そこに写されている家具と、身のまわりに置かれた家具を見比べた。仕上げに、管理者の名前を確認した。hina*mamaだった。更新は、昨年の秋で途絶えていた。昨年の秋には、わたしの死んだ母は生きていた。最後の記事には、紫色の痣そっくりの雲がぶつぶつ浮かぶ空の写真と、「ベランダから見える空が好き。ウンベラータが欲しいな。」という記述があった。

わたしの母が死んだ日、部屋に母のノートパソコンはなかった。それは母が結婚前から使っていたパソコンで、母が死ぬおよそ三週間前に壊れた。そのことを、父は知らなかった。警察があのマンションの別の部屋を訪ね歩いて、わたしと同じ年頃の子どもを持つ母親たちから聴取した。わたしの母は、もう寿命だったんだと思う、と言ったらしかった。そして、さっさと無料の回収業者に引き渡した。新しいパソコンは、買わなかった。

デジカメは、残されていた。コンパクトタイプのデジカメで、死んだ母が選び、父が買った。母がなにを撮っていたかを、父は知らない。メモリーカードが抜き取られていたからだ。父はもともと写真など撮らないし、あなたもメモ代わりに携帯電話で撮る以外にカメラを使う習慣がないので、からっぽのデジカメは、和室の押入に詰め込まれた段ボール箱のどれかに埋もれたままだった。

「透きとおる日々」は、二年近くにわたって、月に四回程度の頻度で更新されていた。あなたが、あなたのパソコンを載せ、わたしが口からも指からもぼろぼろとお菓子のくずを落とし続けているダイニングテーブルの写真には、「買いました。前からずっとあこがれていたダイニングテーブル！」とあった。あなたが北欧の皿や陶器の人形を飾っている本棚にはあなたが売り払った本が詰められていた。わたしが座ることをやめたソファもあった。しばしば、「もようがえをしました。」との記述があった。hina*mama の言う模様替えとは、ソファの位置をずらしたり、ダイニングテーブルの向きを変えたり、本棚の本を背表紙の色別に、あるいは著者名をアルファベット順に並べ直したり、食器棚の食器や調理器具を横置きにしたり縦置きにしたりすることだった。彼女は、その都度写真を撮ってアップロードした。また、模様替えをしたのではなくとも、窓から入る光の具合が変わったというだけで定点観測のように部屋が撮影されていた。チェストの引出が半ば開けられ、均等に区切られた碁盤の目状の仕切りに、靴下・スパッツ・ストッキングがひとつずつ収められていた。開け放たれた冷蔵庫のなかは、コンテナやトレイで整えられていた。ワードローブはたびたび床に広げられた。hina*mamaは、服を新しく買い足すごとに、古いものを捨て去るという決まりをつくっていた。なにを買い足し、なにを捨てるのかも写真で報告された。子ども服についても同じだった。写されているもののうち、いくらかの服にはもちろんあなたにも見覚えがあった。ときどき、ジャムの空き瓶に短く茎を断たれた花が挿してあった。

hina*mamaは、あなたが日々訪問する数多のブログの管理者たちと同じく、生活を整え、統治し、律していた。そのおこないに伴う快楽が、あなたの目を引いた。彼女たちが溺れているその快楽の大きさは、あなたの目にも見えるくらいに巨大だ。あなたは彼女たちに夢中になった。あなたは彼女たちに共感と理解を捧げた。彼女たちが生きていようと死んでいようと、あなたの知ったことではなかった。彼女たちの欲望は明朗だった。死んでいるhina*mamaの欲望はいっそう明朗だった。それは、もう二度と変転せず、取り消されることもなく、固定された欲望だった。

あなたの共感と理解は、正確にいえば、あなたが勝手に、している、と規定しただけのもので、それがほんものであるのか、精度がいかほどであるのか外部から審査されることはなかった。あなたは、目の前の子どもよりも、父よりも、あなたの両親や弟よりも、友人たちや恋人たちよりも、そしてあなた自身よりも、彼女たちに共感し、理解したと感じた。

それと同時に、あなたは、あなたがなにに関心を持ち、なにをよろこびとして生きてきたのかさっぱり思い出せなくなっていた。

あなたは、それまでの生活を思い返した。大学に入学して一人暮らしをはじめ、父のマンションに越してくるまでの日々を。あなたはそれらの日々を、つつがなく生活してきたはずだった。幾度となく調理をし、掃除をし、洗濯をし、必要なものを買っては捨て、捨てては買い、身なりを清潔に保ち、大きく体調を崩すこともなく、そのときどきで相応に働いて金銭を得て、そのすべてにおいて、とくべつな苦痛も快楽も持たなかった。あなたには、書いて残したいことなどなにもなかった。まして、不特定多数の他人に見てもらいたいものなど、なにもなかった。

あなたは、彼女たちの見せるものが、彼女たちの身を守る装備だということにまでは考えが及ばなかった。彼女たちが欲しいのは、傷ひとつない、ぴかぴかの体と心だ。あれらの記録は、彼女たちが懸命に貼り合わせてつくった特注品の体と心だ。

あなたは、ウンベラータ、と検索窓に打ち込んだ。その文字の並びは、ほかのブログでも何度も目にしたことがあった。すぐに、観葉植物の名だと判明した。

あなたは、乾ききってひりひり痛む目を斜め上に上げてリビングを見た。ウンベラータを画像検索し、馴染み(なじ)のブログからウンベラータについての記事を漁り(あさ)、オンラインショップで販売されているウンベラータを閲覧してまわった。ウンベラータは、二〇〜三〇センチ程度の卓上サイズも多く売られていたが、hina*mamaが欲しがっていたのは一五〇〜一七〇センチのフロアサイズのものにちがいなかった。彼女はそれをベランダ窓の脇(わき)に置き、大きくてふっくらした葉越しに空を見るつもりだったにちがいなかった。ウンベラータは、閉ざされたピンクのカーテンとソファの隙間にもよく似合うだろう。あなたは、ウンベラータを買うことに決めた。

あなたは父に「観葉植物を置こうと思うの」と言った。

「ああ、いいね」父はなんの植物かも聞かずに賛成した。

古本屋には、もう少し詳しく話した。父は植物のことなど関心がないけれど、古本屋なら多少は知っているのではないかと思ったからだ。

「ウンベラータをねえ、置こうと思うんだ」とあなたは言った。

「へえ、いいんじゃない？」予期したとおり、古本屋は知っていた。「うちのカフェのほうにも置いてるよ、ウンベラータ。あんまり世話してないみたいだけどべつに元気だし」古本屋はあなたの肩に下唇をつけていたので、声は耳から取り込むのではなく体内に響くようだった。

ウンベラータを買うべきオンラインショップを決定するのに、三日かかった。ウンベラータを売る店はいくつでも出てきた。何千株もの、何万株ものウンベラータが配送されるのを待っていた。そうしたオンラインショップのほとんどには、顧客のレビュー欄があった。膨大な量だった。あなたはそれらのすべてに目を通すことにした。hina*mamaならそうするだろうと思った。古本屋と会っている時間などなかった。あなたは古本屋に電話をかけ、立て続けに約束を二度反故にした。

「なんで？」と古本屋は言った。

「ちょっと」とあなたは言った。

「ちょっとって？」

「忙しいの、いろいろ」

あなたは目薬を差した。コンタクトレンズを載せた眼球が、乾いてしかたがなかった。ひっきりなしに目薬を差していると、ときどき視線を感じた。

「目薬」とあなたは目薬を振ってみせた。わたしはうなずいた。

あなたは涙をこぼした。わたしはあらためてあなたを見た。お菓子を食べる手が止まっていた。あなたは手際よくコンタクトレンズを外し、摘んで照明にかざした。

「これ、コンタクトレンズ」と言ってから、あなたはごみを舐めとって目にはめた。わたしはまだ見ていた。

「これがないと、私は目が悪くてものがよく見えないの」とあなたは説明した。

ウンベラータが届いた。長方形の段ボール箱は、あなたの背丈よりも高かった。それを押し、フローリングを滑らせてリビングまで運ぶのを、わたしがうろうろと追った。わたしは、リビングに踏み込んだことに気付かないようだった。あなたがカッターナイフで梱包を切り裂き、梱包材を掻き出すと、くるまれてやんわりと抑えられていた枝葉が、ゆっくりと広がった。わたしは近づき、その大きな葉に触れた。あなたは、わたしの産毛に覆われた頬に触れた。不意に触れたくなったのだった。わたしの頬は、あなたが予想していたより乾いてざらついていた。こんなふうにわたしに触れたのははじめてだった。わたしはたちまち身を固くした。

「ウンベラータ」そう言って、あなたはわたしの頬にやっていた手で葉を撫でた。わたしたちはしばらく黙ってめいめいの顔の近くにある葉に触れていた。葉はとても薄く、そのくせふかふかとやわらかだった。つるつるしているのでも、ざらざらしているのでもなかった。あなたやわたしの指をしんなりと受け入れる葉だった。本のページとはちがって、長いこと触っていても指も葉もおだやかだった。

やがてあなたは四つん這いになり、鉢の下に据えられた受け皿をじりじりと押して、ウンベラータをカーテンとソファのあいだに収めた。あなたが食卓につくと、ソファのひじ掛けから上に緑色の葉が重なり合いながら垂れているのが見えた。わたしはまだリビングの中央に立っていた。あなたは放っておいた。ほどなくして、わたしはとつぜん跳びはねて、あなたの向かいの席に逃げ帰ってきた。

父は、ウンベラータという名をなかなかおぼえなかった。わたしは一度でおぼえた。あなたが父に何度もウンベラータと言い聞かせているあいだ、わたしは指の肉と爪の隙間にそっと歯を差し込んで過ごした。

わたしが幼稚園に行っているあいだに、あなたはカーテンを開けた。カーテンを開け放つのは、ほとんどはじめてのことだった。梅雨の合間の晴れた日だった。光があなたに襲いかかり、それからリビング全体に満ちた。あなたは目を細めた。あなたのコンタクトレンズの表面には、細かな傷がいくつも走っていた。傷は眼球の表面で光を乱反射させる。それだから、あなたは裸眼のひとよりも少しまぶしさに敏感だった。あなたは、光が目を侵略しつくし、痛みを感じなくなるほどに慣れるまで、じっと待った。それから、携帯電話を開いた。わたしたちの住むマンションのこの部屋は、三階にあった。あなたは、向かいに建つマンションのベランダが写り込むことを気にもかけず、携帯電話でウンベラータの写真を撮った。

あなたはその写真を、古本屋に送った。

〈次はいつ会える？〉と返信があった。

その文字列が表示された瞬間に、あなたは古本屋が面倒になった。父に求婚された瞬間、出勤が重荷となった感覚と似ていた。あなたはソファに浅く腰掛け、尻から背にかけてぐったりともたれかかり、ほとんどあおむけになった。〈まだわかんない〉とメールの文面を打ち、消した。それから、〈もう会わない〉と打ってみた。しばらくその文字を眺め、やはり消した。そういう言い方は、あなたのやり方ではなかった。

〈もうあんまり会いたくないかも〉と、あなたは打ち直した。これが、しっくりくるような気がした。でも、送信しなかった。消して、なんの返信もしないことにした。あなたからつきあいを断つときの常套手段だ。

あなたはソファにもたれかかったまま、本棚に飾り付けた北欧製のカップアンドソーサーを眺めていた。外光にさらされたそれは、いつもよりずっと美しかった。陶器の白い部分がまろやかに輝き、空気にとろけてしまいそうだった。

あなたは立ち上がり、カップアンドソーサーを一客手に取った。底に薄く埃が溜まっていた。飾られるばかりで、食器として使われたことがなかったからだ。埃はうっすら輝いていた。あなたはカップを流しで洗い、ティーバッグの紅茶を淹れた。それから、ふと本棚の一番下で料理本にもたれかかっている小説本をつかんだ。

あなたはソファの端に、ウンベラータに寄りそうように腰掛けた。表紙カバーに描かれた夜の草原は、あなたにしてみれば地味だし、可愛らしくもきれいでもなかった。けれど、あなたの両手におさまった小さなその草原には、果てがなかった。あなたはただ真っ黒に塗られただけの夜空を少しのあいだじっと見下ろした。

以前にもやったように、あなたは本を軽くたわませ、小口に親指をかけてすばやくずらした。ページがまた風を起こし、目を乾燥させた。二度、三度とやるうちに、あなたは上端に小さく折り目のついたページがあるのに気付いた。

折られたのか、しぜんと折れたのか判断がつかないほどの小さな折れ目だった。ノンブルの数字のひとつよりまだ小さかった。あなたはそのページを開いた。視線は折れ目から逸(そ)れて、すぐ下に印刷された文字列へ移った。

「あんたもちょっと目をつぶってみればいいんだ。かんたんなことさ。どんなひどいことも、すぐに消え失(う)せるから。見えなければないのといっしょだからね、少なくとも自分にとっては」

あなたは紅茶を含んだ。熱くて、舌がじわりとしびれた。その文章が、ほの暗い明るさをもってまたたくのがわかった。活字が親しげに微笑(ほほえ)み、ひょいと片手をあげて挨拶したみたいだった。あなたは、その文章をもう一度ていねいに読んだ。それから、また適当なページを何度か開いて、そこに書かれている文字のいくらかを読もうとした。でも、もう同じことは起きなかった。ページは、なにかの行列に並んでいる無数の人々を上空から見下ろしているように見えた。顎(あご)を上げてあなたを見上げ、目配せをする文字列は見当たらなかった。

あなたは本を脇に置き、テレビを点けた。あなたの目の表面に、テレビ画面の色と輝きがちかちかと反射をはじめた。あなたは薄笑いをしていた。テレビを見て笑っているみたいだった。実際には、そうではなかった。あなたはなにかを考えようとしていた。でも、それがなんなのかわからず、考えごとをはじめることができないでいた。言語化できないかたまりが、あなたの脳を圧迫していた。

それきりあなたは二度と手を出さなかったから知らないが、その本は架空の独裁国家を舞台にした幻想小説だ。あなたが見つけ、そしてあなたを見つけたセリフは、成り上がりの独裁者が、お抱えの伝記作家に耳打ちした忠告だった。

携帯電話がメールを受信した。あなたはそれを機に、考えごとをはじめようとするのをやめた。あなたは、ある意味で脳を機能させる機会を失ったわけだけど、そんなふうには感じなかった。むしろ、フリーズしていた脳が再起動したように感じた。あなたは携帯電話を手に取った。メールは、古本屋からだった。古本屋にとって、会うのに都合のいい日が向こう半月分も列挙されていた。あなたは携帯電話を閉じ、カーテンも閉じた。わたしを迎えに行く時間だった。

あなたは、翌日にはもう本のことはほぼ忘れた。古本屋のことも考えなかった。あなたには、やるべきことがあった。

あなたは「透きとおる日々」の精査をはじめた。パソコンの画面にあらわれる、てのひらで覆い隠せるくらいの大きさの写真を、コンタクトレンズの載った目を見開いて隅々まで見た。食べ残したジャムの中身を捨て、瓶を洗い、乾かし、hina*mama がしたように茎の大半を切り落とした白いスプレー菊を生けた。あなたは、写真に写っている花の名前もわからないまま花屋へ行き、同じ色と形をしたものを探し出したのだ。あなたは、hina*mama が買ったのと同じリネンのシャツを買った。それだって、写真だけを手がかりに、何時間もパソコンに張り付いてどの店のものか調べ上げた。あなたは、スーパーで食パンを買うのをやめた。パン屋で、hina*mama が好んだ全粒粉のものを買うようになった。hina*mamaが揃えた白い食器に、hina*mamaが盛り付けたようにハーブとトマトのサラダを盛り付けた。hina*mamaのようにはきれいに盛り付けることはできなかったけれど、あなたは几帳面（きちょうめん）な人ではないからあまり頓着（とんちゃく）しなかった。

父は、まったく鈍感だった。父は母に対しては注意深くなかったし、hina*mamaがこだわって身の回りに置いたものはどれも、しょせんは誰でも手に入れることができるものに過ぎなかった。生成りのシャツも紺色のワンピースもトリコロールカラーのボーダーのTシャツもフランスのメーカーのキャンバススニーカーも、スプレー菊やかすみ草やラナンキュラス、全粒粉のパン、玄米、ハーブだらけのサラダ、ひよこ豆とカリフラワーのスープ、なにもかも、ありふれているしどこにでもある。

あなたは、まったく快楽に従順だった。あなたは相変わらずものを手に入れるよろこびだけを味わい、せっかくの装備はただ溜め込むばかりだった。あなたはまるで無防備だった。

ウンベラータは枯れつつあった。あなたよりもわたしのほうが先に、そのことに気づいていた。わたしは相変わらずお菓子か爪を噛んでいた。ウンベラータがもっとも勢いよく茂っていたのは、配送されて到着したその日だった。たった一週間で、あなたでも気づくほどに衰えた。葉が乾いて黄色く縮み、ぼろぼろと落ちはじめていた。日照不足だ。あなたは連日、水をたっぷり与えた。すると、ウンベラータはますます弱った。あなたは少ししか残念に思わなかった。あなたは、もうウンベラータに用がなかった。あなたには、まだまだほかに手に入れるべきものがたくさんあった。残った葉がどれもうなだれていよいよ見すぼらしくなると、あなたはウンベラータをベランダにたたき出した。わたしが幼稚園から帰ると、ソファとピンクのカーテンのあいだにはなにもなかった。カーテンはわたしのために閉め切ってあったから、ウンベラータの姿は見えなかった。わたしはよりいっそうお菓子を食べることに没頭するようになった。

古本屋が訪ねて来たとき、あなたはオンラインショップで買った品が届いたのだと思った。わたしは幼稚園から帰っており、食卓で牛乳を飲み、お煎餅(せんべい)を食べていた。しょっちゅう品物が配達されてくるので、あなたもわたしもインターホンの音に慣れていた。わたしは見向きもせず、口を休めることもなかった。わたしの頭蓋(ずがい)のなかは、お煎餅を嚙み砕き、牛乳を飲み下す音でいっぱいだった。あなたは応対するために立ち上がった。

インターホンの通話はすぐには通じなかった。あなたは何度かボタンを押し直し、ようやく呼び出した人物の声を聞いた。古本屋は、オートロックのドアをうまく抜けて、わたしたちの部屋のドアの前まで来ていた。

「え、なに。どうしたの」とあなたは言った。あなたはもう丸一ヶ月も古本屋からのメールを無視しつづけていた。こういうときでさえ、あなたは男に冷酷な物言いをしなかった。

「え、ごめん、でも急に、困る。え、でも。どうしよう。ちょっと待って」笑いを含んだ声音で、あなたは言った。

あなたはわたしを振り返った。笑顔で駆け寄り、わたしの座っている椅子の背もたれを両手で引き、前方へ傾けた。椅子のうしろの脚が少し浮いた。わたしは立ち上がった。股のあたりで襞になっていた服の生地から、お煎餅のかすが散った。お煎餅のかすは指先にもくっついていた。醤油のたれも色移りしていた。わたしは指先を一本ずつ舐めていた。あなたはわたしの肩に手をかけて体を半回転させた。わたしとあなたは向き合うかっこうになった。あなたはわたしの両肩をそっと押した。わたしは押されるままにうしろ向きに歩いた。すると、その分だけあなたは距離を詰めた。あなたはどんどんわたしを押した。あなたはずっと笑顔だった。わたしがたたらを踏んでも、あなたの手は容赦がなかった。あなたはあっというまにわたしをピンクのカーテンまで追いつめた。

　わたしはまだ醤油の味がしみ込んだ指を吸っていた。味は消えようとしていた。あなたはわたしの肩越しにカーテンのなかをまさぐって窓の錠を外し、すばやく窓を開けると、最後にわたしの肩をもう一押しした。たちまち湿度の高い空気が肌にまとわりついてきた。わたしはあなたを見上げていた。はじめて、あなたに抵抗するそぶりを見せた。わたしは裸足（はだし）のまま左足をうしろに引いて踏ん張った。けれど、そこはすでにベランダだった。あなたはすっとかがみ、フローリングに残っているわたしの右足首を持ち上げ、離した。わたしはあやうくうしろに倒れ込むところだったが、そこにはウンベラータがあった。広々とした葉が、わたしのこめかみと肘（ひじ）を撫でた。ウンベラータは、よみがえっていた。人の髪や服が揺れるように葉をゆるゆると揺らしていた。上空はねずみ色の分厚い雲で蓋（ふた）をされているのに、あたりは不自然なほど明るかった。わたしの裸足が踏むコンクリートの床は、場所によってはわたしの足の裏よりあたたかかった。

「すぐだから。すぐ。五分くらい。ごめんね」と言って、あなたは窓を閉め、鍵をかけ、カーテンを引いた。

あなたは髪に手をやりながら玄関へ戻り、古本屋を迎え入れた。古本屋は靴を脱ぎ、あなたを追い抜いて大股(おおまた)でリビングに踏み込んだ。

「五分だけ。子ども、ベランダに出したから」

「なんでメールの返信をしないんだ」と古本屋は言った。怒っているようではなかった。不思議でたまらないといったふうだった。

「いそがしくて」とあなたは答えた。

がん、と音が立った。音というよりは、壁紙が細かく波打つような震動だった。あなたは振り返らなかった。古本屋は、あなたの目やひたいの向こう、あなたの体を挟んで真正面にあるピンクのカーテンを見た。また音と震動があった。それは、次々と起こってやむ気配を見せなかった。

「明日」古本屋は、視線をカーテンとあなたの目にせわしなくやりながら、早口で言った。「明日、子どもを幼稚園に送ったら、うちに」

古本屋は、あなたの二の腕に触れようとした。あなたはあとずさった。

「もう会わないんならそれでもいい、でも明日さいごにもう一回ゆっくりはなしをしよう」

古本屋の顔は、肌というよりも肉の色をしていた。そして、側面の皮膚はかさついて、ところどころ薄く白くめくれあがっていた。あなたはこのときやっと、古本屋があなたよりいくつも年上であることに気づいた。

あなたはしっかりとまぶたを閉じ、コンタクトレンズを潤そうとした。目を開けると、コンタクトレンズがまぶたといっしょにわずかに眼球の上に持ち上がり、滑り降りてちょうどいい位置におさまった。あなたはうなずいた。そうしているあいだにも、音と震動は発生しつづけていた。古本屋は二度ほど小刻みにうなずき返し、あなたを振り返りながら出て行った。あなたは鍵をかけ、また髪を直した。

あなたがカーテンを開け、錠を外すあいだも、わたしは両のてのひらを窓に叩(たた)き付けていた。わたしが揺らすものだから、あなたは何度も錠を外しそこなった。やっと窓が開くと、わたしは押し殺したうなり声を上げてあなたにつかみかかった。わたしは必要のあるときには明瞭(めいりょう)なことばづかいできちんと話すことができたけれど、このときはだめだった。わたしは涙袋を涙で光らせ、うなるだけだった。

　でも、あなたにはわたしの言葉がわかったのだ。わたしにもわからなかったわたしの言葉を、あなたはとつぜん理解した。あなたはわたしの二の腕をつかんでわたしを押さえ込んだ。わたしのむっちりとした二の腕に、あなたのなめらかな指が居心地良さそうに食い込んだ。

「えっと」とあなたは言った。あなたはすっかり自分のことばにしていた。

「えっとね、いいこと教えてあげる。見ないようにすればいいの、やってごらん、ちょっと目をつぶればいいの、きっとできるから、ほら、やってごらん」

わたしはあなたの言ったことを忘れなかった。わたしはだいぶあとになって、母の本をみつけ、古いページをめくって独裁者の忠告に耳を傾けた。わたしは本をしまいまで読んだ。独裁者は思春期の少女みたいに気ままに振る舞って、無数の人々を殺した。活字の総数よりもずっとたくさん、殺した。独裁者はとても幸福だったというわけではないが、不幸でもなかった。とうとうクーデターが起きて投獄され、処刑を待つばかりになっても、やはり幸福とはいえないが、不幸でもなかった。伝記作家の訪問を、彼はそれまでとまったく同じ態度で迎えた。独裁者は、見ないことにかけては超一流の腕前を誇っていた。彼は、自分に起きたひどいことも、まったく見ないようにすることができた。彼は目をつぶり、すると肉体や精神の苦痛は消え失せた。わたしやあなたでは、こうはいかない。わたしもあなたも、結局はか弱い半端者だ。

それからさらにあと、わたしの二の腕がすんなりと伸び、したたり落ちそうな肉のやわらかさが失われてかわりに弾力のある芯の感触があらわれ、あなたの指の関節に皺と赤みが目立ち、手の甲に骨のかたちが浮き出るころ、そしてあなたがわたしの顔を見るのに、もう見下ろさなくてもよくなったころ、わたしはわたしの二の腕をつかんでわたしを見上げるあなたに、このとっておきの言葉を聞かせてあげた。

けれど、まだそのときではなかった。幼児のわたしはあなたに二の腕をつかまれ、歯を食いしばって鼻で荒い呼吸をしていた。

「だいじょうぶよ」とあなたは言った。

わたしは、やがて手足の指先がしびれて立っていられなくなった。酸欠を起こしたのだった。あなたはふらつくわたしを脇を持って支え、ソファに寝かせた。わたしはそのまま次の朝まで眠った。夜に、夕食を終えた父が抱いてベッドに運んだ。眠っているわたしから、父は異変を感じ取らなかった。眠り続けていること自体が異変であったが、父はむしろわたしがソファ、つまりベランダ窓の近くに身を置いていることをよろこんだ。

翌朝、わたしはいつもどおりに起きて、いつもどおりに幼稚園へ送られて行った。わたしはあなたに微笑みかけず、話しかけもしなかった。それはいつものことだったが、わたしの顔はいつもよりずっと強ばっていて、歩いているあいだじゅう爪を噛むのをやめなかった。あなたはわたしを止めなかった。泣きも騒ぎもせず、おとなしく日常をこなしているわたしに文句があるはずがなかった。

あなたは、古本屋との約束を守った。古本屋のアパートを訪ね、「これでさいご」と言った。古本屋はベッドからジャージやTシャツを払い落とし、あなたを寝かせた。

あなたはほんの少し、うとうとした。眼球とまぶたのあいだに固いレンズがはさまっている感触をずっと感じ続けているくらいの、ごく浅い眠りだった。薄く目を開け、また閉じると、となりで古本屋が身を起こした。古本屋があなたの顔をじっと見下ろし、やがておおいかぶさってくるのがわかった。

古本屋は、軽く合わさったあなたの右のまぶたを舌で押しあげ、眼球の上に載ったコンタクトレンズを器用に舐めとった。まぶたを舐められた時点で、にぶい痛みがあった。あなたは、なにをされたか理解するのに手間取っていた。目をふたつとも見開いて、真上の彼を見たが、どちらの目がはっきりものを見て、どちらの目がなにもかもをぼおっと映しているだけなのかよくわからなかった。古本屋の顔は、ひとつのたしかな像ではなく、輪郭の微妙にぶれて閉じない、粘度の高い液体のような印象だった。

　あなたは起き上がろうとした。古本屋は、あなたの肩を強く押してそれを阻止した。右手が、あなたのひたいをしっかりと押さえつけた。あなたは思わず目を閉じたが、親指がにじり下りて来て、左目のまぶたがこじあけられた。痛みで涙が湧き出した。古本屋は涙ごと左目のレンズも舐め取った。右目のときほどうまくはいかず、舌が眼球をぐいぐいと圧迫したので、涙はおもしろいようにあふれた。

ろくにものを見ることができないあなたのために、古本屋はあなたの脱ぎ捨てた服をひとつひとつ拾い上げ、あなたが身につける順番に手渡した。

「どうしてこういうことするの」とあなたは言った。「これから、子どもを幼稚園に迎えに行かなくちゃいけないのに」

古本屋は、さいごにティッシュの箱を差し出した。あなたは鼻をかみ、目のまわりをそっとぬぐった。

「ごめん」と古本屋は言った。玄関では、腰をかがめてあなたの足下にあなたのスニーカーを引き寄せた。

コンタクトレンズも眼鏡もなしに外を歩くのは小学生以来のことだった。光は白く、アスファルトは黒かった。乾ききらない涙が少し、目のふちに残っていた。眼球はゆるやかに痛み続けていた。あなたは夢を見ているみたいだと思った。目のまわりの腫(は)れぼったい感触も、まぶしい昼も、すれちがい、追い抜いて行く知らないひとびとも、濃い排気ガスのにおいをさせている車も、現実のものではないみたいだった。まるで記憶のなかにいるようだった。

見慣れた幼稚園もまた、ほんものらしくなかった。あなたは幼児の声と大人の声の混じるなかを、水中を進むようにふわふわと歩いた。張り詰めた声で呼ばれたときも、あなたはぼうっとしたままだった。あなたは呼ばれたほうを振り返り、自分に向かって誰かが鋭くまくしたてているのを見るともなしに見ていた。複数の女性が、あなたを取り囲んでいた。そのなかには、取りなそうとしている先生も含まれていた。

「傷跡が残ったらどうするつもりなんですか」とひとりが言った。あなたは、古本屋の喉（のど）と、そこを下っていくコンタクトレンズの破片を思い描いていた。

「もう少しで目だったんです、もし目に当たってたら、たいへんなことになるところだったんですよ」と別のひとりが言った。あれはほんとうに起こったことなんだ、とあなたは思った。

「はあ」とあなたは言った。「すみません」

だんだん、わたしが暴れて何人かの園児を負傷させたのだということがあなたにもわかってきた。

「すみません」ともう一度あなたは言った。

先生が、保育室に向かってわたしの名を呼び、手招きをした。保育室にはまだ園児たちが残っていて、うごめくかたまりのなかからひとついやに大きな一部分がむっくりとかたちをあらわし、ぶつんとちぎれてあなたのほうへやってくるのが見えた。わたしはすでに、園児たちのなかでも抜きん出て体格のいい子どもだった。わたしは丸々と太り、ふてぶてしい頬をしていた。服いっぱいに、ぎっちりと肉が詰まっているのがわたしだった。

「陽奈ちゃんは、噛んでぎざぎざになった爪で、みんなを引っ搔いちゃったんです」と先生はあなたに報告した。「お母さんが気をつけて、陽奈ちゃんの爪を整えてあげてください」

「はあ」とあなたは言った。「すみません」

「陽奈ちゃんは、ごめんなさいも言わないんです。いつもはそんな子じゃないのに。陽奈ちゃん、どうしたの？」

「すみません」とあなたは言った。「ごめんなさいは？」

　わたしは黙っていた。

　帰り道、あなたは「コンタクトレンズ、なくしたの」と言った。「よく見えないの。だから、助けて」とわたしの手をとって、握った。

「いたっ」とあなたは言って、すぐに手を離した。あなたはわたしのかたわらにしゃがみこみ、わたしの指先をつまんで目の近くでよく見た。わたしの爪とあなたの目はものすごく近かった。それより遠いとぼやけるし、それより近いと焦点が合わなくなってやっぱりぼやけるので、あなたにとっては唯一無二（ゆいいつむに）で取り替えの利（き）かない距離だった。

「ほんとだ。ぎざぎざだ」

　あなたは、それまでわたしと手をつないだことがなかったから知らなかったのだった。

あなたはドラッグストアに寄って、透明のマニキュアと爪やすりを買った。マンションに帰り着くと、あなたはぐったりと疲れてすぐにも寝込んでしまいそうだった。

でも、寝込む前に、眼鏡をかけてわたしを食卓の椅子(いす)に座らせた。わたしは口は利かなかったが、言われるままに座って手を出した。あなたは腰掛けたまま椅子をひきずってわたしのすぐ隣まで来た。そして、わたしの爪に一つずつ、やすりをかけた。やすりがおわると、ふっと息を吹きかけ、ティッシュで丁寧にぬぐった。

「マニキュアを塗ってあげるから、もう噛んじゃだめ」とあなたはおだやかに言った。

あなたはわたしの小さな爪に、とろりとしたマニキュアをのばした。あなたのぜんぜん似合わない眼鏡を見ながら爪を触られているうちに、わたしの頬は強ばるのを忘れた。わたしはまったく気の抜けた顔で、首を突き出し、背中を丸めて座っていた。

全部の指に塗り終えると、「乾くまでこうしてて」と顔の前で両手の指を広げて見せた。わたしは言われたとおりにした。あなたは立ってお茶を飲み、わたしひとりを残して寝室へ入った。着替えて出てくるころには、わたしのマニキュアは乾いていた。あなたはひとつひとつ指の腹で撫でてそれを確認すると、もう一度すべての爪にマニキュアを塗った。わたしはまた顔の前で両手の指を広げた。

「きれいでしょ。だから噛んじゃだめ」あなたは眼鏡を外して、食卓に置いた。たしかにわたしの爪はきれいだった。ぴかぴかで、傷ひとつなかった。

あなたはソファへ行って寝転んだ。わたしは椅子に座って指を広げたまま、あなたが体を伸ばすのを見た。そんなふうにそこに横になるのは、めずらしいことではなかった。縦に立っていたものが、横に平たくなってぺったりとソファに貼り付くと、あなたの体はもともとソファの付属品であったように見えた。あなたはすぐに目を閉じた。でも、眠ったわけではなかった。眠りたかったが、なかなかうまくいかなかった。

あなたは、高校生のころのことを思い出していた。一台の自転車に無理矢理四人で乗って、坂道を滑り降り、事故を起こした記憶だ。記憶の光景は白飛びするほど明るく、その遠さがあなたには意外だった。おとなになったあなたには、高校生だったあなたは途方もなく遠かった。あれからずいぶん時間が経ったんだなと思った。実際は、さほどではなかった。たしかにある程度まとまった時間が経ってはいるが、大した遠さではない。これからますます遠くなるいっぽうであることにあなたは思い至らなかった。

ペダルとハンドルを担当したのは、そのころあなたがつきあっていた男子だった。彼はラグビー部に在籍していた。彼は立ち漕ぎをしていたから、サドルにはあなたともうひとりの女子が前後にまたがった。残るひとりは、荷台に立った。彼女はサドル組のあなたの頭上で腕を伸ばし、あなたの恋人の両肩につかまった。その格好で、あなたたちは大型トラックがごうごうなる国道を猛スピードで下っていった。あなたは恋人の腰をつかみ、上下左右に振れ続ける尻に鼻先をくっつけていた。あなたの背で、ぴったり貼り付いて離れない友人の体温が発火しそうに熱かった。地面に接触しないよう、中途半端な角度で伸ばしっぱなしにしていたので、脚がしびれてならなかった。でも、あなたがいちばん気をつけていたのはコンタクトレンズだった。飛んでいかないよう目をつむってばかりいたので、景色はほとんど見ていない。荷台に立った子が大声で笑い、悲鳴を上げていた。脇(わき)をトラックが通るたびに、排気ガスの強いにおいをかいだ。エンジンの音はこめかみにびりびりと響いた。

恋人は、国道を下りきったところで、自転車を停止しそこね、転倒した。荷台に立っていた子は鼻を折り、前歯をひとつ割った。前歯は、差し歯にするしかなかった。あなたにしがみついていた子は、右の頰骨と、右の肩から肘にかけてをアスファルトで深く削った。骨折はなく、すべて擦り傷で済んだが、右の頰にはアスファルトが食い込んで青く入れ墨のようなあとが残った。彼女は大学を卒業してから、レーザー治療を繰り返してようやくもとの色をほぼ取り戻した。恋人は両手首を捻挫し、顔面と胸と腹をやっぱりアスファルトで深く削った。それに、ジーパンが擦り切れて太ももの前面も血だらけになった。手首の捻挫のせいで、彼は引退試合に出場しそこねた。あなたは青痣ひとつつくらなかった。恋人の腰にしがみついたまま、彼の太い両の太ももの上でサーフィンするみたいに膝立ちでバランスを取り、完全に静止するまでの数秒を見事に滑りきった。目をしっかり閉じていたので、コンタクトレンズも無事だった。ゴミも入らなかったし、ずれることさえなかった。

まぶたに覆われたあなたの目の奥は、じくじくと痛んだ。新しいコンタクトレンズをつくりに眼医者へ行っても、しばらくはつくってもらえない。目薬を処方されて帰されるだろう。両目が傷ついているのをあなたは自覚していた。こんなふうに傷つけられた経験はなかったが、目に傷が入ることには慣れていた。多少の傷がついたって、目は案外どうということもない。こういうときは、できるだけ目を使わずにいるのがいちばんだった。新しい眼医者を探そうとあなたは思った。あなたはまぶたのなかで目をごろごろと動かした。そしてやっと、少し眠った。

眠りながら、あなたはひとの気配を感じていた。誰かがあなたのそばまで来て、じっとあなたを見下ろしているのがわかった。あなたは放っておいた。やがて、その気配はあなたの顔におおいかぶさってきた。

あなたの片方のまぶたが、こじあけられた。次いで、磨(す)りガラスのように不透明で、いびつな円形のものが眼球に押し当てられた。すさまじい痛みがやってきた。古本屋にコンタクトレンズを舐めとられたときとは比べ物にならなかった。涙は大きく盛り上がり、異物を押し流そうとどくどくあふれた。あなたは両手を目に当てようとした。けれど、胸に肋骨がたわむほどの衝撃があり、同時に肘ががっちり固定されてしまった。胸の上にわたしが乗り上がって、膝であなたの肘を押さえているのだった。あんまり重いので、あなたの肺から逆流した空気が、声帯に触れておかしな音が出た。わたしは笑った。わたしは、あなたのもう片方のまぶたも押し上げた。そして、さきほどと同じものを丁寧に眼球に載せた。あなたが頭をめちゃくちゃに振るので、薄く薄くあなたが研いでくれた爪が、あなたの頬やまぶたやひたいにいくつか傷をつけた。

目的を遂げると、わたしは両手の人差し指と親指をあなたの両のまぶたに添え、同時にぐっと開いた。涙は脈々と湧き出し続けていたが、異物を流し去ることはできずにいた。あなたはその異物を魚のうろこかなにかだと思ったが、それはちがう。わたしが、よく訓練された歯を使って左右の親指から剝がしとったマニキュアの薄片だった。

薄片は、あなたの黒目をほぼ覆い尽くしていた。おかげで、黒目はあまり黒いとは言えなかった。灰色に濁った目を見開いて涙と鼻水を流し続けるあなたを、わたしは前のめりになって見下ろした。

「これでよく見えるようになった？」

あなたは答えなかった。あなたには意味をなすものはなにも見えなかった。光だけがあった。あなたの目の前は、明るかった。驚くべき平明さだった。あなたの体から、あなたの過去と未来が同じ平明さをもって水平にぐんぐん伸びていくような気がした。あなたは未来のことはもちろん、過去の具体的なできごとをなにひとつ思い出してはいなかった。ただ、あなたが過ごしてきた時間とこれからあなたが過ごすであろう時間が、一枚のガラス板となってあなたの体を腰からまっぷたつに切断しようとしていた。

今、その同じガラス板が、わたしのすぐ近くにやってきているのが見えている。わたしは目がいいから、もっとずっと遠くにあるときからその輝きが見えていた。わたしとあなたがちがうのは、そこだけだ。あとはだいたい、おなじ。

しょう子さんが忘れていること

部屋に、息遣いが増えた。この部屋のベッドは四つで、患者は四人であるはずなのに、たった一瞬前から、たしかに一人余計に息を吸い、吐いている。

「しょう子さん」

ささやき声がしたが、しょう子さんは目を開けなかった。

「しょう子さん」

声が近くなり、呼気が睫毛(まつげ)に触れる。しょう子さんは隙間(すきま)が開かないよう、まぶたに力を込める。低く抑えた笑い声がする。

「しょう子さん、いつも寝たふりをするね」

いつも、としょう子さんは思う。ああそうだ、いつも。

しょう子さんは、毎晩これを繰り返していることを思い出す。どうして忘れていたのだろう、実際しょう子さんは毎朝忘れ、毎晩思い出すのだ、そのことも思い出す。この四人部屋に男が侵入して、彼のかすかな呼吸音によってごく浅い眠りから引っ張り上げられるのは毎夜のことなのだ。


朝、しょう子さんは、なにもかもが気に入らない気分で目覚める。病院も、病院食も、卵色の壁も、医者も看護師も、自分の家族も気に入らないし、もっとはっきり言えば、自分がまったく気に入らない。

しょう子さんは半年前に軽い脳梗塞(のうこうそく)を起こし、それからずっと入院している。最初に運び込まれた総合病院はすぐに出され、リハビリ専門の病院に転院した。

子どもたちが話し合った結果、手配は長女に一任され、世話をしにやってくるのも長女である。ときどき長女の長女も来るが、この孫娘は、おそろしいほどなにもしない。長女が気忙しくあれこれの用を片付けるのを目の端に留めながら、だいたいは折りたたみの椅子に座って笑っている。「おばあちゃん、どう?」と笑いかけ、運ばれてくる食事を見て「お、わりと美味しそうじゃん?」とまた笑い、そして川端くんに「どうもぉ、こんにちは」といちばんの、本物の笑顔を見せる。

川端くんは、しょう子さんが転院してきてすぐにやってきた入院患者だ。彼は二十代前半か、ともすれば十代後半の少年にも見え、壮年から老年の患者の多い病棟で飛び抜けて若い。背は高く厚みのない体をして、とてもよく動く。「若い人は回復が早いから、ああやって自分で動くのもリハビリになっていいわねえ」と長女は言う。

川端くんは、しじゅう廊下を歩き回り、談話室に顔を覗かせ、階段をすたすたと上り下りする。誰かと同乗するタイミングが合ったときだけ、階段よりエレベーターを選ぶ。川端くんは、決して物怖じをしない。通りかかる患者には男女を問わず必ず挨拶をし、話しかけ、かいがいしく手を貸す。ときには入院患者のみならず、大荷物の見舞客を手伝ってはきはきと物を運び、見舞客が老人であれば患者にするのと同様に歩調を合わせ、いっそう明瞭な口調をこころがけて話す。川端くん自身、リハビリが必要だから長期間入院しているにちがいないのに、素人目にはどこが悪いのかわからない。実際、リハビリ室では、理学療法士の数々の指示にやすやすと応じているのが目撃されている。

川端くんはおおむねみんなに好かれているが、しょう子さんも、川端くんだけは気に入っている。川端くんは、しょう子さんの長女より、孫娘より、看護師たちよりもしょう子さんにいたわりの目を向ける。それこそがしょう子さんの欲しいものだ。しょう子さんは、入院患者の誰よりも小さく、痩せている。大腿骨を骨折した経験があり、脚が悪い。脳梗塞をやらないでも、使い古した体はもともとどこもガタが来ていた。川端くんは、今にも崩れてばらばらに砕け散ってしまうものを目にするように、しょう子さんを見る。川端くんの悲しげな微笑(ほほえ)みは、「あなたはほんとうならなにひとつしなくていいのに」と言っているかのようである。しょう子さんが歩行器につかまって立っていると、川端くんは大きくてやわらかそうなてのひらを広げ、やや腰を落とし、いつでも支えられるようにかまえている。

看護師か長女か、あるいはその両方に付き添われてトイレへ歩くとき、川端くんはしばしば現れてトイレの入り口まで同行する。そのまま用が済むのを待っていて、病室までつきあってくれることもある。しょう子さんは、川端くんが自分に話しかけるとき、重い花を開かせた茎がたわむように頭を目線まで下ろす、その有機的なカーブが好きだ。川端くんはいつもいやに丈の長いTシャツとハーフパンツを身に付け、そのせいで異様に胴長に見えるが、そのアンバランスな体格もしょう子さんに親しみを感じさせる。

また以前、りんごジュースが飲みたいのに、りんごジュースだけをお腹いっぱいに飲みたいのに、せっかくの病院食が入らなくなるからと長女に半分で取り上げられたとき、長女が席を外した隙を見て、川端くんはこっそりジュースを差し入れてくれた。

「ないしょですよ、佐々木さん」と川端くんは笑った。川端くんは、名前を呼んでくれる。患者はみな手首に氏名を書いたリストバンドを巻いており、それを見て記憶しているのだ。そういうところも、しょう子さんは気に入っている。

食の細いしょう子さんは、その日の病院食の大半を残したが、しょう子さんは満足だった。長女はしょう子さんを心配し、食欲がないのならほかのものならどうか、さっきのりんごジュースの残りを冷蔵庫から出そうかなどと提案したが、しょう子さんはそっぽを向いた。

しょう子さんは、やはりなにもかも気に入らない。

夜、腹の中でひんやりしているりんごジュースは、怒りのように重い。しょう子さんは長いこと生きて、さまざまな目に遭って来て、もうすべての荷物を下ろして楽をしてしかるべきなのに、なぜ好きなものを好きなときに飲み食いするのを遮られなければならないのか、なぜいたくもない病院にいなければならないのかまったく理解できない。すべての荷物を下ろしたはずなのに、なぜまだ自分の体だけが残っているのかわからないし、いつから自分の体が荷物になってしまったのかもわからない。

しょう子さんは目を閉じている。自分を含めて、四人分の呼吸を聞いている。不意に、もうじき増える、と思う。もうじきこの部屋は五人になる。

そして、そのとおりになる。

「しょう子さん」とささやき声がして、しょう子さんはすべてを思い出す。

「しょう子さん」

彼の頭が静かに降りてくる。目を開けなくても、しょう子さんには彼の動きが分かる。彼は、布団の外にはみだしているしょう子さんの手首をそっと取る。親指で、中指で、手の甲の皮膚を撫でる。薄くなったせいでかえって光沢をもった皮膚を彼は丹念に撫で、皮膚を押し上げる静脈を辿る。

「しょう子さん」

彼の吐くぬるい空気を吸いたくなくて、しょう子さんは息を止める。彼が声を殺して笑う。その振動が、手を通じて伝わってくる。

しょう子さんは全部思い出しているから、このあと彼がなにをするのかを知っている。音と、それから振動だ。こんな、彼のかみ殺した笑いどころではない、もっとすさまじい音と振動に備えて、しょう子さんは身をこわばらせる。

しょう子さんの同室の一人が、退院する。その人はしょう子さんよりもいくらか若く、よく肥えている。

彼女は、外出にふさわしい普段着に着替え、仕切りのカーテンを開け放ち、両脚をもぞもぞさせて靴を履きながら「ようやっと退院です」としょう子さんに報告をする。その人のうしろで、家族らしい中年女性がかばんに物を詰めている。

今日は、長女の来ない日だ。しょう子さんがリハビリを終え、理学療法士に付き添われて病室に戻ってくると、隣のベッドの人はもういない。まだ布団やシーツは交換されておらず、ベッド脇のチェストに花瓶が残されている。そこに挿されているチューリップは、花びらをすべて落とし、おしべもおおかた落とし、茎からひとつながりにつながっているめしべがぐったりとうなだれている。

しょう子さんはうとうとする。この病院に入院できる最長の期間は決まっていて、その日が来ればいやでも出られることをしょう子さんは承知しているが、ときどき、自分ひとりが一生ここから出られないのではないかという気がする。もちろん、ここは人が死ぬための病院ではない。しょう子さんは、人が死ぬための病院を知っている。しょう子さんの夫は九年前、癌を患って、そういうところで死んだ。あそことここはぜんぜんちがう。しょう子さんは、早く家に帰りたい。家に帰ったら、ろくに味のしない病院食なんかじゃなく、好きなお菓子を好きなだけ食べ、ソファにもたれて、好きなテレビ番組を点けて永遠にうとうとするのだ。

しょう子さんは目を開ける。空いたベッドのほうを向いている。川端くんがいる。こちらに半ば背を向けて、花瓶のまわりに散らばったチューリップの花びらに触れている。

しょう子さんは、まだ眠っているような心持ちでそれを見る。体勢はぴくりとも変わらず、呼吸も寝息のつづきで、ただ目が開いただけの状態で、川端くんの指先を見る。川端くんは、チューリップの花びらをじっくりと指で探っている。あれにおぼえがある、としょう子さんは思う。川端くんの親指と中指が花びらを滑る。からからにひからびる前の花びらは、瘦せて薄くなっているけれどもまだしんなりと水分を含んでいる。しょう子さんは、無意識のうちに、自分の手の甲をもう一方の手でさする。

川端くんが振り返る。

「竹本さん、退院しちゃいましたね」と穏やかに言う。川端くんの視線が下がる。しょう子さんは、まだ自分の手の甲をさすっている。川端くんはそれをじっと見ている。

「チューリップ、ぼくが片付けておきますね」と川端くんが明るい声で言う。

「花瓶はここの備品かな？　洗ってナースステーションに持って行きます」

川端くんは、チューリップの花びらをすくいあげ、水の溜（た）まっている花瓶に落とし入れる。縮み上がったおしべも摘（つま）んで、落とす。彼は花瓶を手に持ち、会釈（えしゃく）をしながらしょう子さんの前を通り過ぎる。ちょうど入り口から、同室の患者が杖（つえ）をついてゆっくりと入ってくる。川端くんは立ち止まり、彼女のために道を開け、彼女の背に合わせて背を丸める。肩甲骨（けんこうこつ）のいくらか下あたりを頂点として長い胴がぐうんと曲がり、しょう子さんは危うく悲鳴を上げそうになる。人間の胴というものは、あんなふうに見事に曲がるものだろうか。ちょっとあれはおかしいんじゃないか。

川端くんはその姿勢のまま、首だけはがくんと前を向き、患者の背に触れるか触れないかのぎりぎりのところに手を添えながら戻って来て、しょう子さんのベッドの前を通り、奥のベッドへその患者を送り届ける。川端くんは、やはり悲しげな微笑みを浮かべている。しょう子さんは視力も弱っているのに、川端くんの表情だけはよく見える。あなたは歩かなくていいのに。そんなたいへんな思いをして歩くことなんかないのに。

「ありがとね、ありがとね」と患者が大声で礼を言う。

夜、三人分の呼吸が四人分になる。「しょう子さん」と呼びかけられる。なぜ朝にはこのことを忘れるのだろうとしょう子さんは思う。目を開けて彼を見ないからかもしれない、けれど目を開けたところで消灯されているのだからどうせ見えないにちがいない。しょう子さんはぐっと目をつむる。

彼はしょう子さんの力の入った目尻にくちびるをつける。


隣のベッドに新しい患者がやってくる。新しい患者の身内としょう子さんの長女が、声をひそめて話をしている。

「ほんとにもう、病院ってところは、はやく出て行けって言わんばかりで……ここも、そう長くはいられないから……」

「家に帰るとすぐにまた衰えて元通りになってしまうんじゃないかって……年寄りは、ここでやってもらっているようなリハビリを続けてやっと、なんとか現状維持できるっていう状態なのに……」

仕切りのカーテンが開き、長女が入ってくる。

「お母さん、お隣、あとでご挨拶しようね」と言いながら、手早くタオルやしょう子さんの肌着をたたむ。

「川端くんは、どこが悪いの」しょう子さんがしわがれた声でぼんやりと尋ねる。

「え、川端くん？　さあ……あ、川端くんならさっきもエレベーターでね」

「なんであの子は退院しないの」しょう子さんの口調は、さっきよりずっとはっきりしている。ほとんど長女を責めているように聞こえる。

「そんなの知らないよ。

「あんたそう見える？」

「でもお母さん、そんなこと訊けないじゃない……そんな、詮索するようなこと……」

午後に、孫娘がやってくる。相変わらずなにもせず折りたたみ椅子を出して来て座り、笑っている。なにかの役に立っているようには見えないが、孫娘がいるだけで、長女は息を吹き返したように顔色が良くなり、はつらつとする。いまだに独身のこの孫娘を、長女はめちゃくちゃに甘やかしている。孫娘はしょう子さんのほうを向き、しょう子さんの顔あたりに目をやっているが、背後に立つ長女とばかり会話している。

「……でさあ、川端くんがさあ」とうれしそうに孫娘が言う。「あ、髪、切ったんですね、だって。前髪つくっただけなのに。そりゃさあ、女にとっては前髪って重要じゃない？　でも、男の子ってそういうのびっくりするほど気付かないよね。なのに、川端くん、真面目な顔してすごくよく似合ってます、なんて言うんだよ。若いのに気ィ遣っちゃってさあ、あの子」

しょう子さんは孫娘を見上げる。不安が胸をしめつける。この子は、ジーパンにTシャツ姿のこの中学生のようななりをした子は、今いくつだった？

しょう子さんは孫娘に年を尋ねる。

「え？　三十七歳だよおばあちゃん」こともなげに孫娘は言ってのける。「もうかなりいい年だよねえ」もとから笑っているのに、さらに孫娘は笑う。

「やだもう、ぞっとするわね」長女も、平然と笑っている。

三十七歳。しょう子さんは絶句する。三十七歳のころ、しょう子さんはすでに子どもを得ていた。数の上でも性別に関しても、難癖をつけようとする内外の口をつぐませるのにじゅうぶんなだけの子どもを。そして、三十七歳のときには、しょう子さんはさいごのセックスを済ませていた。

そこまで考えて、しょう子さんはむっとする。なぜ今更セックスのことなど思い起こさねばならないのか。セックスこそはしょう子さんの人生で完全に片の付いた問題であり、公然と下ろすのを許された荷物のひとつだというのに。けれど、この孫娘にとっては、まだ片が付いていないのだ。それとも、ひっそりと片を付けたのか?

孫娘のTシャツのロゴプリントが、乳房に押されて歪(ゆが)んでいる。孫娘のまっすぐに切りそろえられた分厚い前髪、耳からはピアスがぶらさがり、目元を化粧で汚して、そのくせ服装はジーパンとTシャツだ。孫娘が立ち上がる。

「おばあちゃん、じゃまたね、私、仕事だから」

「気をつけてね。今日あんたごはんは？　うちで食べる？」と言いながら、長女が孫娘のあとを追う。

戻って来た長女に、しょう子さんは「あの子はなにしてるの」と問いつめる。

「ちょっとお母さん、あの子はライターをやってるって知ってるじゃない。ねえ、知ってるでしょ？　フリーのライターよ」

「結婚しないのかって訊いてるの」

長女はほっとした顔をする。

「さあ、そのうちするんじゃないかな。まあでもあの子も忙しいから」

長女の口調は軽く、まるで心配している様子がない。

夜、消灯後の部屋に五人目がやってくるまで、しょう子さんはまどろみながら、知らず知らずセックスのことを考えている。自分がセックスについて考えていることに気付き、しょう子さんは不快になる。ほかに考えたいこと、考えなければならないことはいくらでもあるというのに。セックスは、しょう子さんが二度と直面することのない類いのものであるはずなのに。

それでも、しょう子さんは頭から振り払うことができない。

さいごにセックスをしてから、およそ半世紀が経っている。そのときの記憶は、とくべつなものにはならなかった。

ひとつのセックスは隣接するセックスと同化し、また別の機会におこなわれたセックスを取り込み、個別のセックスというものは失われた。もはや、はじめも終わりもなく、はじめてもさいごもなかった。しょう子さんにとってセックスは彼女が経験したすべてのセックスのあいまいな統合体であり、半世紀前に位置する数年間を埃のようにうっすらと覆っている。

その埃を、五人目の呼気がふうっと払う。

「しょう子さん」と彼が呼びかける。「しょう子さん、来たよ」

あっ、としょう子さんはかたく目をつむる。

彼は慣れた仕草でしょう子さんのベッドに上がる。しょう子さんはとても小柄だから、ベッドにはたっぷりとスペースがある。彼はしょう子さんの隣に横たわる。

彼はしょう子さんにぴったりと身をくっつけて横向きになり、焦点も合わないほどの至近距離からしょう子さんを見ている。しょう子さんにはそれがわかる。この暗い部屋でろくに見えるはずもないのに、目を大きく開いて、まばたきも惜しんで、彼はしょう子さんを見ている。強烈な視線に、しょう子さんの頬の産毛(うぶげ)がざわざわする。

しょう子さんは、リハビリ室の長椅子に腰掛けている。長女は少し離れたところで理学療法士に質問し、メモを取っている。理学療法士は長女の手元を覗き込み、メモを指差してさらになにかを言っている。長女はうなずく。長女の黒く染めた髪の分け目が、白く光っている。

「佐々木さん」川端くんがリハビリ室に入って来て、しょう子さんの隣に腰掛ける。川端くんは相変わらず丈の長いTシャツを着ている。

「リハビリですか。もう終わりですか？　疲れたでしょう」川端くんがやさしくいたわる。しょう子さんは、川端くんの微笑みを見上げる。あなたはリハビリなどしなくていいのに。あなたは自分の力で立てなくたってかまわないのに。そういえば、たしかに疲れている。体のあちこちがだるいし、なんだか立てそうにない。しょう子さんは、ことさら疲れたふうにうつむく。

そのとき、ハーフパンツから伸びる、川端くんの赤茶けた脚が目に入る。そのむき出しの脚は細く引き締まり、黒い体毛が新芽のように噴き出してはのたくっている。とつぜん、しょう子さんは骨密度の低い自分の骨が、嫌悪で満たされるのを感じる。しょう子さんは傲然と顔を上げ、川端くんをにらみつけながら尻でにじって長椅子の上を後退する。川端くんが、あわててしょう子さんを支えるために大きな両手を広げる。痩せていて節が目立つのに、指の腹や親指の付け根はふっくらとして、掌紋に入り込んだ汗がきらきらしている両手だ。それを、しょう子さんは薄い皮膚のまとわりつく腕で振り払う。

「もううちの娘に近付かないで。孫娘にもです」しょう子さんはきっぱりと告げる。

しょう子さんは、ひとりで立つ。腰が不安定だが、やる気になればいつだってひとりで立てるのだ。長女が気付き、小走りでやってくる。

「お母さん、どうしたの。待ってるの、つかれた？　もう病室に戻りたいの？」

しょう子さんは答えずに、長女の腕を強くつかんでリハビリ室の出入り口へ向かう。長女も腕に力を入れ、しょう子さんがいつそこへ全体重をかけてもいいように準備をする。長女はかたわらの歩行器を引き寄せるが、しょう子さんは頑として長女の腕を離さない。しかたなく長女はしょう子さんに合わせて廊下へ出、理学療法士が歩行器を押して同行する。長女だけが、ちらりと振り返って川端くんに会釈をする。川端くんは、当惑した笑顔で三人を見送る。しょう子さんに「お母さん、どうしたの」再び、長女が小声で尋ねる。でも、しょう子さんには説明できない。やっとのことで、「あの子は気持ちが悪い」とつぶやく。

「他人に馴れ馴れしく話しかけたりして」

「お母さん、川端くんは暇なんだよ。親切な、いい子じゃないの」と長女がなだめる。

今度こそ、しょう子さんはなにもかもが気に入らない。川端くんも、なにもわかっていない長女も、子どものままのくせに大人をやっている孫娘も、名前を呼ばれる寸前まで忘れてしまっている自分も。

しょう子さんの名前は、しょう子ではない。

その夜、隣に横たわる男から「しょう子さん」とささやかれ、しょう子さんはすんでのところで言い返しそうになる。私の名前はしょう子じゃない。リストバンドの名前を読んだんでしょう、その漢字は「しょう子」とも読めるけど、私の名前の読みはそうじゃないのよ。

けれど、しょう子さんは寝たふりを続ける。相手にしてはいけない。いつまでもまちがった名前を呼んでいるがいい。

男は横向きに寝そべってしょう子さんを間近で見つめ、しょう子さんの肩に胸を寄せる。まず音がやってくる。心臓の音だ。

もはやしょう子さんは一点の曇りもなく、完全に覚醒(かくせい)している。眠ろうとしても眠れないことはわかっている。うるさくて、彼の心臓の音が体いっぱいに響いて、体ばかりではなく部屋いっぱいに響いて、うるさくてうるさくて眠るどころではないのだ。

そして、振動がやってくる。彼の心臓が打ち、彼の胸の皮膚がぶるぶると震え、接するしょう子さんの肩を揺らしはじめる。ほどなくして、肩だけではすまなくなる。しょう子さんの体全体が震え、やめて、これ以上揺らさないで、心臓を今すぐとめて、と願うが、聞き届けられたことはない。やがてしょう子さんの全身はベッドの上で痙攣（けいれん）し、がくんがくんと跳ねる。しょう子さんの前歯四本は上下とも入れ歯で夜は外しているが、舌を嚙（か）まないよう、奥の差し歯をきつく嚙み合わせる。

声を上げても無駄だということは、これまでの夜で証明されている。だいいち、しょう子さんの体がベッドの上で跳ね上がっては落ちているのに、同室の三人は異変を感知せず、それぞれの眠りのなかにいるのだ。この上、しょう子さんが叫んでみたところで、彼女らが目を覚ます見込みはない。彼女らは、それぞれ自分の都合でしか目を覚まさない。

だから、しょう子さんは押し黙って跳ね続ける。このままにしておいたら、自分のもろい肩の関節や股関節（こかんせつ）がねじ切れてしまいそうで、目を閉じたままタイミングを見計らって必死に膝（ひざ）を抱き寄せる。しょう子さんは背を丸くし、折りたたんだ両脚をしっかりと抱きかかえ、口元を膝頭に押し付ける。ほんとうはしょう子さんは、過去に大腿骨を骨折して以来、そのような姿勢は取れなくなった。それなのに、しょう子さんの筋は今、しなやかに伸びて曲がる。頼りない皮膚は弾力のあるしっかりとした筋肉に変質し、彼女自体がひとつの心臓となる。しょう子さんはとても小さい女性だが、心臓としては驚異的に大きい。心臓となったしょう子さんには、もう考える力はない。力はすべて、脈打つことに注がれる。彼の鼓動ではない、しょう子さんそのものが、どんどん鼓動する。勝手に鼓動し、生きている。しょう子さんの意思とは関係なく、脈打っていく。

「だいじょうぶだよ、しょう子さん」と、彼がしょう子さんを抱きしめる。壊れんばかりに激しく脈動する巨大な心臓を、彼は朝まで抱きしめ続ける。

ちびっこ広場

鍋(なべ)のふちからあふれるほどのカレーをつくった。フライパンやザルを洗い終えて壁に掛けた時計を見ると、三時五十分だった。大樹(だいき)はきっとちびっこ広場にいる。下校中に寄り道をするのも、今日みたいな天気のいい土曜日に遊びに出かけるのも、たいていそこだ。私は七時に炊(た)きあがるよう、炊飯器をセットする。それからエプロンを外し、お風呂場(ふろば)へ向かう。浴槽や床のタイルを洗って居間に戻ると、ちょうど四時だ。私は食卓の椅子(いす)に座って手指の爪(つめ)にマニキュアを塗る。今日のためにコンビニで買ってきた、くすんだ金色のマニキュア。三百九十五円。大樹は半円状に埋め込まれたいくつものタイヤを、跳び箱代わりにして跳んでいるだろうか、もしくはタイヤからタイヤへと跳び移っているだろうか。そうでなければ、球形のジャングルジムによじ登っているだろうか。私には、これ以上のことはとても想像できない。だってあの狭苦しいちびっこ広場には、遊具はこの二種類しかない。しかも、球形のジャングルジムは、回転しない。ああいう遊具は、回転してこそ面白みというものがあるはずなのに。

しかし、大樹のクラスでは、誰もがちびっこ広場に夢中だ――と、そう、大樹が言う。私は両手の指を開き、食卓の上にかざす。爪を短く切ってしまっているせいで、手は、なにも塗らずにいるときよりも、いっそう子どもじみて見える。マニキュアじゃなくてネイルチップを用意するべきだったな、と思う。でも、もうそんな細かいことにはこだわっていられない。私は寝室から化粧道具一式を持って来る。文庫サイズの折りたたみ式鏡を食卓に立て、毛抜きで余計な眉毛を抜く。それから、リキッドファンデーションを指の腹に押し出す。四時十八分。

あるとき学校から、缶を持参するようにと知らせがあった。好きな缶でよい(ただし、蓋は要らない)。図工の時間に、そのなかに紙粘土と絵の具で「ぼく・わたしのお気に入りの場所」を再現するというのである。私は大樹に、縦長のクッキー缶を持たせようとした。すると大樹は、こんな細長いのじゃいやだ、真四角がいいと言う。どうしてと尋ねると、だってちびっこ広場は真四角だから、と教えてくれた。

私はそのころ、まだちびっこ広場を自分の目で見たことはなかった。大樹によれば、ちびっこ広場は小学校とうちのマンションのちょうど中間ぐらいの地点にある。となると、相当に近所だし、私が知らないはずはないと思ったが、さらに説明を求めて合点がいった。ちびっこ広場は、通りには面していない。「ピンクと黄色のしましまのシャッターのお店」と大樹は言った。「その裏。

横の、ボロい家とのあいだに道があって、そこから行く」それで、見当もついた。「シャッターのお店」というのは、潰れた布団屋だ。その建物は雑居ビルで、布団屋が退いて以来、一階のテナントに新たな借り手はない。隣は、たしかに木造の古い民家である。そのあいだに道があったような気はしなかったが、後日通りかかったときに確かめてみると、あった。幅一メートルにも満たない、たいへんに狭い道だった。それに、民家の屋根がせり出して上を塞いでいるせいで暗かった。道は、よく見ると私の立っている歩道と同じアスファルト舗装だったが、私の足元の小麦色じみた明るい灰色に対し、そこは焼け焦げたように黒かった。

いつもより少し濃く眉を引いたあと、ビューラーで睫毛を持ち上げ、マスカラを塗る。下睫毛にも丹念に塗る。何本かの睫毛が、くっつきあって一本の太い毛になる。マスカラが古いせいかもしれない。私は爪楊枝の先を使い、睫毛をそっとほぐす。手を首のうしろにやってバレッタを外し、ひとつにまとめていた髪もほぐす。私の髪はやわらかくて、バレッタで留めたくらいでは、ほとんどあとはつかない。

大樹は図工用に、真っ赤なミルキーの缶を持っていった。こんなのは女子みたいだからいやだと散々文句を言っていたが、近所のスーパーにはほかに手頃なものがなかったのだからしかたがない。数日経(た)って、大樹はできあがった箱庭を持って帰ってきた。壊れないうちに見せようと、珍しくまっすぐ帰ってきたのである。あの子は、いとおしそうに両手に抱えた真っ赤な缶を、私のほうへと差し出した。そのとき、私ははじめてちびっこ広場を見た。

茶色い地面の真ん中に、細く撚(よ)った紙粘土を格子(こうし)状に貼(は)り合わせた、いびつな球があった。紙粘土の色がそのまま活(い)かされ、指紋のあとがびっしりと残っている。その周りを、背を丸くくねらせた十三匹の芋虫が、円環状にぐるりと取り囲んでいた。芋虫たちは病気だった。赤、緑、水色や紫色の体に、黄色い斑点(はんてん)や黒い縞(しま)が浮いていた。隅っこに、真っ白に塗られた人が立っていた。扁(へん)

平(へい)な頭は少しうなだれ、体は細長いだけでまるっきり棒だ。缶を目の高さまで持ってきてその顔をのぞき込むと、鉛筆でへの字が書いてあった。

「時計」と大樹が言った。

四時四十五分。私は化粧を終え、道具をポーチへ押し込む。遅くとも五時半には家を出なければならない。私はこれから、大学時代の友人の結婚パーティーに行く。カフェを貸し切りにしておこなう、会費六千円のパーティーだ。大樹には、今日は五時までに帰宅するようにと言いつけてある。ちびっこ広場からうちまでは、七歳の子の足でも走れば五分もかからない。あの子は五時ぎりぎりまで遊ぶだろう。そろそろ時計を気にしてくれているといいけれど。

ちびっこ広場の時計は、だいたい正確である。私が見たときには、正確だった。私は一度だけ、本物のちびっこ広場に行ってみたことがあるのだ。あれはたぶん、大樹が箱庭缶を持って帰ってきてから、一ヶ月ほどあとのことだった。ちょうど今ぐらいの時間だったと思う。

その日、大樹は朝からぐずぐずとしてどうしてもベッドから起きあがろうとしなかった。どうしたの早く起きなさい、学校に遅れちゃうよ。何度声をかけても、大樹の返事はうなり声だけだった。あの子は、頭まで布団に潜り込んでいた。その代わり、二の腕から先だけははみ出していて、てのひらを枕元（まくらもと）の缶に押し当てている。

大樹は、持って帰ってきたその日から、箱庭の缶をずっと枕元に置いていた。小さなジャングルジムの、紙粘土製の鉄骨は、数日でぽろぽろと折れて崩落し始めた。朝になると、シーツの上に残骸（ざんがい）が散っていることもあった。あの子はそれらをいちいち拾い上げ、缶のなかに戻し続けた。だからそのころには、大樹のちびっこ広場は、骨になるまで小動物を食い散らかす芋虫たちの饗宴（きょうえん）と化していた。

変なかっこう、と私は笑った。

「だって、つめたくて気持ちいいから」と布団のなかからくぐもった声がした。

それで、私は大樹が熱を出していることに気付いた。

夕方近くになって、大樹は「アイスクリームが食べたい」と言い出し、私はコンビニまで買いに出た。その途上で、潰れた布団屋の脇の道から子どもたちが大勢飛び出してくるのを見かけた。たいへんな騒ぎだった。どの子どもも悲鳴を上げていた。半笑いの子もいれば、完全に泣いている子もいた。私はそのなかに何人も知った顔を見つけた。息子の同級生たちだ。彼らは息を切らしながら、シャッターの前に集合した。悲鳴は止み、数を数える声が取って代わった。私は二車線の道路を挟んだ向かい側の歩道から、それを見ていた。子どもたちは、六十までを唱和した。そして、また暗い小道に駆け戻っていった。

私は道路を横切り、子どもたちのあとを追った。小道の暗さと裏腹に、先は明るかった。ちびっこ広場は、四角い敷地のうちの二辺を雑居ビルの壁と木造民家のブロック塀によって区切られている。が、残りの二辺は金網で、その向こうは広い駐車場だった。おかげで陽光は遮られず、ちびっこ広場にあるすべての事物が西日を受けてぎらついていたのだった。

本物のちびっこ広場は、おおむね大樹の箱庭のとおりだった。真ん中には、薄汚れた白い球形のジャングルジムが固定されていた。その周りを取り囲む半円のタイヤは、毒々しく彩色されている。時計もあった。大樹が網羅できなかったのは、雑居ビルの壁に沿って設置された青いベンチくらいのものだった。ベンチは中程で割れており、そこに「禁止」と書いた赤いテープが貼られていた。地面には、ランドセルがごろごろと投げ捨てられていた。

子どもたちは、私が覗（のぞ）き見ていることをいっこうに顧みず、一心不乱に遊んでいた。彼らのほとんどは、固定されたジャングルジムに鈴なりにしがみつき、ひとつの生き物の触手のようにうごめいていた。二、三人の子どもだけが、タイヤからタイヤへと跳び、ぐるぐるとジャングルジムの周りを回り続けていた。

インターホンが鳴った。私は、ワンピースの背中のジッパーを上げているところだった。時計を見ると、四時五十分。きっと大樹だ、予想していたのよりも早い、と思う間に、インターホンの連打が始まった。私はジッパーを半ばまでしか上げないまま、あわててドアに走った。玄関に並ぶ履き物のうち、ストッキングを傷つけそうにないゴム製のつっかけを咄嗟に足場に選び、もたれかかるようにしてドアノブに手をかける。「お母さん、お母さん開けて」と苛立った声がした。

いつものバレッタを外しているので、髪が顔の前に落ちてきた。そのせいで、大樹の顔はすぐには見えなかった。ズックだけが、見えた。こら、ご近所に響くでしょう、と小言を言いかけたとき、そのズックが一歩あとずさった。私は髪を耳にかけ、目を上げた。

大樹は無表情だった。怒っているようにも見えた。ついさっきまで「開けて」と声を上げていたのに、くちびるを白くして黙り込んでいる。目が合った瞬間、大樹がもう一歩あとずさった。私は、ズボンの膝が茶色く汚れているのに気付いた。あれ、どうしたの大樹、転んだの。砂埃（すなぼこり）を払ってやろうと、手を伸ばす。わずかに届かない。ほら、どうしたの、こっちおいでよ、と呼びかけるとようやく大樹が「ん」と低く答えた。

家に入るなり、大樹はズックを脱ぎ捨てて居間へと走っていった。私は洗面所へ入り、手をよく洗ってから改めてジッパーに挑む。苦労してなんとか一番上まで上げ、さらに苦労してホックを留めた。

髪をとかしながら、大樹を褒めてやらなくちゃ、と思う。きちんと約束を守って、五時より十分も前に帰ってきた。私は髪をひとまとめにしてねじり上げ、コームで留めようと試みる。パールの飾りのついたコームだ。去年、別の友人の結婚式に招かれたときに、このワンピースに合わせて買った。ほかに、金のラメの入ったボレロと、同じく金のTストラップパンプスも買った。でも、前日になって、夫が盲腸で入院した。だから、これらを身につけて外出するのは、今日がはじめてだ。

コームが外れ、髪が肩に落ちる。どうもうまくいかない。買った直後には練習を重ね、しっかりと留められるようになっていたのだけれど。何度か挑戦するうちに、上げっぱなしの二の腕がしびれてきた。時間もあまりない。私はあきらめて、髪をとかしなおした。これでも、別に悪くはない。私は姿勢を正し、洗面台の鏡に映った自分の姿を検分する。ワンピースは深緑色をしたポリエステル地で、シルクみたいな光沢があるけれども、シルクみたいには皺にならない。私は大学を卒業するなり、妊娠して結婚した。これから会う女友達のなかには、結婚している人はいるけれども、子どもを持っている人はまだいない。けれども気後れすることはない。私は学生時代より四キロ痩せ、めったやたらな厚化粧もしなくなった。そのせいか、肌の調子もいい。夫は私を、若返ったと褒めてくれる。

鏡から目を離し、洗面所を出ようとして、私は思わず声を立てた。狭い洗面所の、半開きになった扉の隙間から、大樹がこちらを見上げていたからだ。大樹は、廊下にしゃがみこみ、膝をかたく抱きしめていた。いつからそこにいたのか、私にはさっぱり分からなかった。どうしたの、と私は笑いかける。お母さん、びっくりしちゃった。大樹の頭に手をやりつつ、横をすり抜けて足早に居間へ戻る。大樹が四つん這いでついてくる。五時三分。私は食卓の上の化粧道具を片付け、寝室へ急ぐ。大樹は立ち上がり、まだついてくる。どうしたの、居間でテレビを見てもいいのよ。言いながら、婚約指輪と一粒パールのピアスをつける。そして、ベッドの上に用意しておいたボレロを羽織り、ハンドバッグを取る。大樹は、寝室の戸口から動かない。

お母さん、もう出掛けなくっちゃ。私はまた大樹の頭に手をやり、その横をすり抜けて寝室から居間へと移動する。食卓に置いた携帯電話をハンドバッグに入れ、ガスの元栓を確認する。大樹は靴下を床に擦りつけながら、私について回る。相変わらず無表情のままだ。ねえ、さっきから一体どうしたの。私はワンピースの裾を踏まないように気をつけて床に膝をつき、大樹の両の二の腕を摑んだ。そして、やっと気がついた。大樹は、無表情なのではなくて、泣くのをこらえているのだ。

私は時計を振り仰いだ。五時十分。大樹に留守番をさせるのはなにもこれがはじめてではない。それに、七時前には夫が勤め先から帰ってくる。それまでの、たった二時間足らずの留守番だ、たいしたことはない。現に昨日まで、大樹は留守番を務めることを楽しみにしているようなところさえあった。けれど今、大樹は下を向き、私のボレロの五分丈袖をぎゅっと摑んでいる。どうしたの。ほかに尋ねようもなく、私は同じ言葉を繰り返す。大樹の手をそっと袖から外し、握りしめてもう一度、どうしたの、と顔をのぞき込む。すると、大樹は「お母さん行かないで」とつぶやいた。丸く見開いた両目から涙がぼろんと落ちた。うつむいていたので、涙はまっすぐに落下し、私の膝、膝を隠して床で襞をつくっているポリエステルの裾の一センチほど向こうに落ちた。

私は立ち上がって携帯電話を取る。今夜のパーティーに出席するはずの女友達のひとりに、遅刻するかも、とメールを打った。

しかし、いくら聞いても、大樹は理由を話してくれない。どうしたの、お友だちと喧嘩(けんか)したの、と聞いても、もしかしていじめられたの、と聞いても、首を振り、しゃくり上げる声を必死でおし殺しながら涙を流し続ける。本当に、この子がこんなふうになるのは珍しいことだった。特に小学校に上がってからは、突然大人ぶった態度を取って、私を笑わせたりむっとさせたりしていたのに。私はまた友人にメールを打った。ごめん、私たぶん相当遅刻する、ちょっと子どもが離してくれなくて。幹事さんに言付けておいてください。

私と大樹は並んで食卓についた。大樹は、私の座っている椅子の背もたれをずっと摑んでいた。具合でも悪いのかと念のため体温計で熱を計らせたが、三十六度二分だった。お母さんね、今日、お出かけ、やめてもいいのよ、と私は言ってみた。私は本当にそう思い始めていた。子どもを持つということは、こういうことなのだ。あきらめや苛立ちは微塵(みじん)もなかった。むしろ、満ち足りた気分だった。私はティッシュの箱を大樹に渡しながら言葉を継いだ。お出かけ楽しみにしてたけど、でもお母さんには、大樹のほうがずっと大事。

携帯電話がメールを受信した。友人からだった。〈お母さん業たいへんだねー。ほんとおつかれさま。言付け、オッケー。みんな実加に会えるの楽しみに待ってるから。〉

大樹は、鼻をかんだ。それから口元をティッシュで隠したまま、小さな声で「お父さんが帰ってきたら、行ってもいい」とつぶやいた。どうして、と聞くと、また一粒、大きな涙が片方の目に湧いた。私は、ひとりでいるのがさみしいのと猫なで声を出した。すると大樹は、少し迷ってから、かすかにがくんとうなずき、また鼻をかんだ。

結婚パーティーの開始は七時だったが、私が家を出たのも七時だった。会場に着いたときには、もう八時半を過ぎていた。入り口の真っ正面の壁際にはバイキングコーナーが設けられており、そこに並んだ大皿にさっと目を走らせると、縁や底に多少残っているのは、もう料理というよりは汚れだった。それでも会費六千円は六千円だ。三千円にはならない。

同級生たちは、私のためにカルボナーラと小さなケーキを三種類、取り皿に盛って用意しておいてくれた。「あ、実加、ピザも一切れ残ってるよ」ともう一皿がまわってくる。私が注文した生ビールが運ばれてくると、同席の友人たちがめいめい、テーブルから手近なグラスを取った。溶けかけた氷しか入っていないグラスや、明らかに自分のものではないらしいグラスを取っている子もいる。誰かが、「はい、かんぱーい、おつかれさま」と言った。私は喉が渇いていた。中ジョッキはすぐに半分ほどになった。

私はお腹も空かせていた。さっそくカルボナーラを一口食べる。しかし、ソースは固く冷え、ビールよりも冷たく感じるほどだった。近くで焚かれたデジカメのフラッシュが、ベーコンに浮いた脂にぱっと華々しくはじけた。ピザはというと、同じ皿にサラダが盛りつけられていたらしく、薄いピザ生地がドレッシングにぐっしょり浸(つか)ってしまっている。食べられそうなのはケーキだけだ。

あらためてあたりを見ると、招待客の半数ほどは立ち歩いているようだった。

もともと照明は抑えてあったが、座っていると彼らのせいでさらに暗く感じる。

黒々と重なり合うひとびとの隙間から、ちらちらと新婦の姿が見えた。全裸かと思ったが、よく見直すと、ビスチェ型のウェディングドレスを着ているだけだった。私はケーキを三つともたいらげ、中ジョッキをもう一杯注文する。携帯電話をバッグから出して開くと、アンテナは一本しか立っていない。「ね、大丈夫だった、子ども」と話しかけられ、うん、と答えるあいだに圏外になり、また一本アンテナが立った。私は携帯電話を膝に置き、びっくりしちゃった、普段、あんまりぐずるような子じゃないから、と答えた。

結局、パーティーでは六千円を支払って生ビールを中ジョッキで一杯半とつまみ上げられるほどの小さなケーキを三つお腹に入れ、人混みをかき分けて前へ行って新婦と写真を撮っただけだった。パーティーは九時過ぎに終わった。

同級生たちは、二次会に行くようだった。終電まではまだ三時間ある。私は少し迷った。家を出るとき、夫は私がまだ家にいることに驚き、事情を知ると「わかった。大樹のことは任せとけ」と言ってくれた。何人かの同級生からワンピースの趣味を褒められ、体型を羨ましがられると、ますます心が傾いた。けれど、大樹が心配だった。移動する先を決めあぐねてたむろしているみんなから少し離れ、私は家に電話をした。夫は、あるいは大樹は、出なかった。コール音が重なるにつれ、不安が増した。十コールを過ぎるあたりで、いったん切った。私はもう一度、発信ボタンを押した。ふたりが今、家にいないわけがないのだ。けれど、やっぱり誰も出てくれなかった。私は携帯電話を握りしめ、一呼吸ついた。もしかしたら、連れだってコンビニにでも行っているのかもしれない。私は、今度は夫の携帯電話の番号を選んだ。はじめからこっちにかけるべきだった、そう思いながら私は夫の応答を待った。十四コール目で、留守電に切り替わった。私は電話を切り、間髪を容れずに掛け直した。友達が声をかけてくれるまで、私は三度も四度もそれを繰り返した。

「実加」と呼ばれて私は振り返った。「移動するよ」

そのとき、手のなかの液晶画面からも、「実加」と呼びかけがあった。私は急いで携帯電話を耳に当てた。大樹の泣き叫ぶ声で、耳の産毛(うぶげ)がざわついた。友達が薄笑いを浮かべながら私を見ている。手を振っている。


夫がなかなか電話に出なかったのは、大樹がそれを許さなかったからだった。吠(ほ)えるような泣き声に遮られながらも、夫はなんとかそう説明した。

「怖いらしい、電話が」大声で、ゆっくりと彼が言った。そのうちに、泣き声が突然大きく、鮮明になった。夫が大樹に電話を渡そうとしているのだとわかった。大樹、私は友人たちに背を向け、少し声を張って呼びかけた。大樹、お母さんよ、大樹。そこで、ぶつんと通話が切れた。掛け直すと、すぐに留守電になってしまった。私は、とにかく帰るから、と夫にメールを送信した。

電車に乗っているうちに、夫から返信があった。夕食時にも入浴時にも口を割らなかった大樹が、とうとう観念したらしかった。夫はあの子を膝に抱いてとぎれとぎれの説明を聞き、その内容を逐一私に送ってきた。

それによると大樹は今日、ちびっこ広場で呪(のろ)われたのだった。なんでも、四時四十四分には、大勢であってもなるべくちびっこ広場にいないほうがよいといううわさがあるらしい。まして、その時間にたったひとりでいた者は、誰でも間違いなく呪われるのだという。だから子どもたちは毎日、四時四十四分まで数秒というところで、一斉にちびっこ広場から逃げる。ところが大樹はしくじった。ジャングルジムから下りるのが遅れ、あわてて飛び降りたのはいいが、脚がじんじんして思わず地面に膝をついてしまった。やっと立ち上がってみると、友達の姿はなく、時計はまさに四時四十四分を指しており、必死で小道を走り抜けると、布団屋のシャッターの前で待ちかまえていた友達が、口々に大樹を囃(はや)した。

おまえ、呪われたぞ、と。

呪うのは、少女の霊と決まっている。どういう謂われの霊かはわからない。とにかく、ちびっこ広場には少女の霊がいる。夜になると姿を現し、長い髪を夜風に乱しながら球形のジャングルジムでひとり遊ぶ。日中は眠っているが、四時四十四分になると忽然と目覚め、そこにいた人間を呪う。呪ってどうするのかというと、本領を発揮できる夜を待って対象の家に電話をかけるのである。出ると、「ねえ、ちびっこ広場に来て」と言う。当然、呪われた当人は「いやだ」と切る。すると、またしばらくして電話がかかってくる。受話器の向こうから、少女の霊が「ねえ、ちびっこ広場に来て」としつこく持ちかける。「いやだ」と切る。さらにしばらくして電話がかかる。「ねえ、ちびっこ広場に来て。私、迎えに行くから」

「ねえ、ちびっこ広場に来て。もう近くまで迎えに来てるの」

「ねえ、ちびっこ広場に来て。ねえ、ここを開けてよ、ねえ」そして、霊のセリフは最後にはこうなる。「さ、一緒にちびっこ広場に行こう」

その先は、わからない。少女の霊に手を引かれてちびっこ広場に連れて行かれた人間はみんな必ず死んでしまうから、具体的にどういったことが起こるかは伝わらないのだという。

電車は満員で、とても座ることができない。私はドアにもたれかかって立っている。暗いガラスに映った私の顔を、マンションの灯りが、街灯が、車のライトが横切り引き裂いて行く。私も大樹くらいのころは怖がりだった。けれど、もうこの年になってしまうと、こういうありきたりで悪趣味で完成度の低い怪談には腹立ち以外なにも感じない。どこの家の子がこんなものを吹聴(ふいちょう)してまわったのだろう。それに、そんなうわさのまとわりつく場所を、子どもたちはどうしてあんなに好きでいるのか。

私は携帯電話に目を落とし、液晶を見つめる。〈さっきの電話は全部お母さんだったって何回言っても、大樹、ぜんぜん信じないんだけど。〉とある。本当に腹が立つ、大樹をこんなに怖がらせて。文字が揺れて揺れて、喉の奥にじゃりじゃりとした熱いかたまりの感触がある。私は必死に文字に焦点を合わせる。怒りと酔いがからまりあってこみ上げてくる。大樹を守らなくてはならない、と思う。子どもは残酷だ。明後日、大樹は当たり前のことながら、生きて、元気な体で登校するけれど、クラスの子たちがあの子の生存を祝ってくれるとは限らない。呪われた人間として、大樹をいじめるかもしれないのだ。

玄関のドアを開けると、その音を聞きつけた大樹は夫にしがみついて喚(わめ)いたが、私の姿を見てようやくほっとしたようだった。顔もパジャマも涙で湿らせた大樹を、私は迷わずワンピースのまま抱きしめた。適当に洗濯してもきっときれいになるだろう、シルクではないのだし。大樹は私の首に手を回し、鎖骨のあたりに顔を埋(うず)めて静かに嗚咽(おえつ)した。

「助かった」と夫が苦笑した。「やっぱりまだまだ、お母さんがいちばんなんだな」

大樹の後頭部はあたたかだった。髪にもぐらせた指がからまないよう注意深くなでまわしながら、私は、お母さんが守ってあげるからね、と言った。大樹が顔を上げ、ほんの少しだけ微笑(ほほえ)んだ。

「助かった」夫はまたそう言い、大きなあくびをした。

さっきまで一緒だった友人たちの顔が浮かぶ。子どもがちょっと、と別れを告げると、彼らは口々に「来たばっかりなのに」「ほんといいお母さんだよね」「大変だね」と慰めてくれた。彼らは、私に同情している。私もまた、口には出さなかったけれども彼らに同情している。なつかしく、思いやりを込めて同情している。彼らはむかしの私だ。むかし、といってもほんの七、八年ほど前のことだけれど、私は自分のやりたいことについて常に考え、把握し、おおむねそのとおりに行動することができる幸福な子どもだった。今はちがう。私は自分がなにをやりたいのかなんて、もう、ほとんど関心がない。そのことがどれほど甘く、誇らしいことか、彼らにはまだしばらくはわからない。夫ならわかっているだろうけれど、それでもきっと私ほどではない。

私は大樹を子ども部屋まで連れて行き、ベッドに寝かせた。そして、枕元に置いてあった大樹作のちびっこ広場を勉強机に移動させ、空いた場所に腰を下ろした。大樹の額の生え際をそっと撫でながら、そんなでたらめな話を言い出したのは誰なの、と穏やかに尋ねる。大樹は少し考え、「……みんな」と言った。

じゃあ、女の子の霊っていうのは、どんな姿をしてるの。

「わかんない、髪が長いってことしか」

誰か見た子はいないの。

「……知らない。だって、出るの、夜だし」

ふうん、ところでその霊は、携帯電話でも持ってるの。

「さあ……」

私は鼻で笑った。ほら、でたらめだ、と言って大樹に覆い被さり、脇をくすぐった。大樹は声を立てて笑った。

「お母さん、お酒くさい」

でも、笑い声はすぐにやんだ。

「お母さん」大樹が私の手を握りしめた。見ると、目の縁はまた新しい涙で濡(ぬ)れ、光っていた。涙でふやけたのか、いつもよりずっとやわらかな手だった。

「お母さん、霊、今日来なかったら明日来るかな。明日来なかったら、明後日に来るのかな」

私は、大樹のクラスの連中が、そんなふうにして大樹を責めさいなむ光景を思い浮かべた。大樹、いい、よく聞いて。私は大樹の手を両手で包む。もしみんなにそう言われたら、霊も呪いもただの作り話だって言い返しなさい。女の子の霊なんていないの。だから今日も明日も明後日もそのあとも、なにもやって来ない。絶対に来ない。あんな嘘(うそ)を信じるのは幼稚園生くらいだって、堂々とした態度で言ってやるのよ。

けれど、大樹はまだ不安げに私を見上げ、「でも、なんで嘘だってわかるの」と弱々しい声で言う。「お母さんはなんで嘘だってわかるの。なんでいないいってわかるの。絶対いないって、なんで言えるの。お母さん、それを証明できるの」驚いたことにその声は、次第に芯が通り始め、最後にはほとんど強情な、不満を申し立てるような響きを帯びた。大樹は数度、ゆっくりとまばたきをしたが、私をまっすぐに見上げる視線は揺らがない。目尻の涙は、ひからびようとしていた。私は寒かった。手足の末端が、さみしいほどに冷えているのを感じていた。鎖骨のくぼみのあたりにぐっと力を入れていないと、今にも震え出してしまいそうだった。喉の奥は相変わらずじゃりじゃりとしていたが、それも今や冷え切っていた。そのくせ、胴は熱かった。

わかった、と私は言った。起きなさい大樹、お母さんが証明してあげる。大樹の不安は、お母さんが全部とりのぞいてあげる。

大樹がふとひるんだ。まなざしが力を失い、眉やくちもとの筋がかすかにゆがむ。私は肩を引き、立ち上がった。握りしめ合っていた手が、自然とほどけた。大丈夫よ、お母さんに任せて。なにもかも解決してあげるから。

大樹はくちびるを舐め、噛んだ。私は黙ってそれを見守った。やがて大樹は、「うん」と小さな声で返事をした。布団をめくり、床に降り立ち、私の差し出した手を取る。

寝室をのぞくと、夫は軽いいびきをかいていた。私はワンピースにボレロのままだったので、それに合わせて金のTストラップのパンプスを履いた。大樹はパジャマにズックだ。

さ、一緒にちびっこ広場に行こう。私は身をかがめ、大樹の耳に唇を寄せてささやいた。大樹は黙ってうなずき、つないだ手を血が止まるほどに強く握った。もう深夜だ。私はご近所の迷惑にならないよう、静かに鍵を外し、ドアを開けた。途端に風が吹きつけて髪が顔を覆い、一瞬目の前が真っ暗になった。

あなたに語っている

大澤信亮

一度読み始めると、先がどうなるのか気になって、結局最後まで読まされてしまう。この読感はエンターテインメントに近い。しかし、そこには確かに、文学とでも呼ぶしかない感覚が存在している。永遠に続きそうでもあり、一瞬で壊れてしまう私たちの日々を、ただ感動で慰労激励するのではなく、そんな生活の根源自体を見ようとする、意志のことだ。

たとえば、藤野可織氏はデビュー以来、恐怖について書いてきた。鳥人間と格闘する男（「いやしい鳥」）、巨大恐竜に呑み込まれた母（「溶けない」）、自分が幽霊であることに気づけない女（「パトロネ」）、美術館に棲んでいる双子の悪魔（「いけにえ」）……。こう並べると荒唐無稽だが、いずれも舞台は日常の空間であり、そこに書かれた恐怖はすべて、私たち自身に関係している。ただし、善良で平凡に生きている私たちがある日突然襲われる、「日常に潜む恐怖」ではない。

生きていることが怖い。見なれたものを凝視するとき、人は、自分自身の不気味さに気づく。現実を含まないどんな空想もなく、空想を含まないどんな現実もない。両者を峻別することで私たちは生きている。だが、藤野氏が繰り返し書くのは、空想と現実が区別される手前の感覚、人間が異物に遭遇した瞬間に襲われる、生理的な恐怖である。さらに言うなら、その異物を殺して平然と生きる、人間への恐怖だ。

本書の表題作であり、第一四九回芥川賞を受賞した「爪と目」は、そんな「純文学ホラー」の確立を記念している。

冒頭はこう始まる。〈はじめてあなたと関係を持った日、帰り際になって父は「きみとは結婚できない」と言った〉。こう語る一人称の〈わたし〉は三歳の女児。三歳児がこんな風に見ているはずがないとか、一人称小説のルールを破っているとか、その種の「常識」的な思い込みは捨てよう。そういう決めつけこそが、私たちの視力を奪うからだ。言葉を習得する前の自分が、何をどう見ていたのか、今となってはもう誰も思い出せない。ならば、私たちに出来る努力は、異物の見ているものを想像し、その声を聞こうとすることだけだ。

気の向くまま父と不倫を重ね、やがて母の死をきっかけに家に転がり込んできた〈あなた〉に、〈わたし〉はずっと語りかけているのだが、その声は〈あなた〉に届かない。当時は言葉にできなかったからだ。しかし、それだけではなく、そもそも〈あなた〉は、人の話を聞く気がない。見たいものしか見ない。だから何も恐れない。〈恐怖はつるつるとあなたの表面を滑っていった〉。それに苛立つように〈わたし〉は自傷的に爪を噛む。黙々と菓子を食べ、丸々と太っていく。

この「見ないこと」が作品の根底を支配している。

「あんたもちょっと目をつぶってみればいいんだ。かんたんなことさ。どんなひどいことも、すぐに消え失せるから」

これは作中で登場する〈架空の独裁国家を舞台にした幻想小説〉の一節だ。こう語った独裁者は無数の人々を思うまま殺した。彼は〈見ないことにかけては超一流の腕前〉で、革命が起き、自分が民衆に殺される瞬間さえ、自分の見たいもの以外は絶対に見ようとしなかった。この男は、夫の不義を見て見ないようにしている自分に耐えられず、死んでしまった〈わたし〉の母すら見ようとしない、父を思わせる。

この独裁者の言葉を読んだとき、ただ一度だけ、あなたはなにかを考えようとしていた。わたしはあなたに目があることを自覚させたかった。見ないことが前提で出会ってしまったあなたたちを何とかしたかった。それで、古本屋の男があなたからコンタクトを奪ったように、あなたの両目に、爪から剝がしたマニキュアの薄片を突き刺した。でも、そんなことより、あなたを立ち止まらせたのは、文字だった。引っ掻き傷のような装丁の、カバーに爪の跡がある、あの本だ。

爪と目の起源は今から五億四千三百万年前のカンブリア紀に遡るらしい。最初に光を手に入れた軟体生物は、未だ目を持たない他生物を一方的に食べた。虐殺から身を守るために彼らは全身を硬い鱗で覆った。やがて鱗は棘状の武器へと進化する。それは爪となり、刻まれた爪跡は時代を超えて、文字となり、本となって、今も「目」との争いを繰り広げているが、それでも、あなたとわたしの区別を超える、その太初の目の先にあったはずの光景を、わたしは信じている。

（「波」二〇一三年九月号より再録、文芸批評家）

この作品は平成二十五年七月新潮社より刊行された。

爪と目

新潮文庫　ふ－50－1

平成二十八年一月一日発行

著者　藤野可織

発行者　佐藤隆信

発行所　株式会社新潮社

郵便番号　一六二－八七一一
東京都新宿区矢来町七一
電話　編集部(〇三)三二六六－五四四〇
　　　読者係(〇三)三二六六－五一一一
http://www.shinchosha.co.jp

価格はカバーに表示してあります。

乱丁・落丁本は、ご面倒ですが小社読者係宛ご送付ください。送料小社負担にてお取替えいたします。

印刷・大日本印刷株式会社　製本・憲専堂製本株式会社

ISBN978-4-10-120271-6　C0193